전능의 팔찌 2부 23
김현석 현대 판타지 장편소설

초판 1쇄 찍은 날 § 2025년 8월 22일
초판 1쇄 펴낸 날 § 2025년 8월 29일

지은이 § 김현석
펴낸이 § 서경석

총괄팀장 § 황창선
편집책임 § 박현성
디자인 § 스튜디오 이너스

펴낸곳 § 도서출판 청어람
등록번호 § 제387-1999-000006호
등록일자 § 1999. 5. 31
어람번호 § 제1-3244호

본사 § 경기도 부천시 부일로 483번길 40 서경B/D 3F (우) 14640
편집부 § 서울특별시 구로구 디지털로 272 한신IT타워 404호 (우) 08389
전화 § 02-6956-0531 팩스 § 02-6956-0532
http://www.chungeoram.com
E-mail § chungeorambook@daum.net

ⓒ 김현석, 2023

ISBN 979-11-04-92537-5 04810
ISBN 979-11-04-92499-6 (세트)

※ 파본은 구입하신 서점에서 교환하여 드립니다.
※ 저자와 협의하여 인지를 붙이지 않습니다.
※ 이 책은 도서출판 청어람과 저작자의 계약에 의해 출판된 것이므로,
　무단 전재 및 유포·공유를 금합니다.

MODERN FANTASTIC STORY

전능의 팔찌

2부

THE OMNIPOTENT BRACELET

김현석 현대 판타지 소설

23

전능의 팔찌 2부

THE OMNIPOTENT
BRACELET

목차

23권

Chapter 01	세계수를 심다	·· 7
Chapter 02	핵융합발전기	·· 29
Chapter 03	싸가지 없는 놈	·· 53
Chapter 04	반대하면 벌어질 일	·· 75
Chapter 05	책상 빼고 다 먹어	·· 97
Chapter 06	나라를 바치겠습니다	·· 119
Chapter 07	돈벼락 맞는 사람들	·· 141
Chapter 08	10월 26일의 의미	·· 163
Chapter 09	어떻게 할 겁니까?	·· 185
Chapter 10	공연장에서	·· 209
Chapter 11	성황리에 끝난 공연	·· 231
Chapter 12	기적 발생	·· 253
Chapter 13	인연이라면	·· 275

Chapter 01
—
세계수를 심다

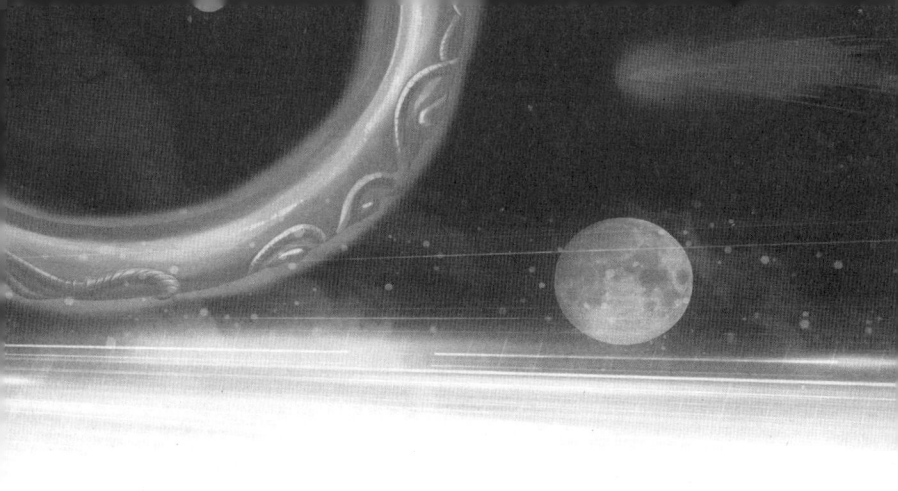

"텔레포트!"

샤르르르르릉─!

순식간에 삼지연으로 옮겨 온 현수는 새삼 감개무량한 표정으로 주변을 둘러본다.

이실리프 제국 전역에 풍부한 마나를 공급해 주던 진짜 아낌없이 베푸는 세계수가 자리 잡고 있던 곳이다. 하여 여러 번 방문했었다.

세계수의 상태가 어떤지 살펴보기 위함이었고, 수확한 열매 등을 가져가기 위함이었다.

이곳 주변은 유난히도 마나의 농도가 짙어 숨을 쉴 때마다 청량함이 느껴지곤 했었다. 그런데 지금은 아무것도 없다. 그저 고요하기만 할 뿐이다.

"전에 씨앗 심었던 장소 기억하시죠?"

"그럼!"

현수는 여기저기 둘러보던 중 눈에 익은 장소를 찾았다. 삼지연 가운데 있는 작은 섬 같은 곳이다.

"저기, 저기였어."

"그래요? 그럼, 가시죠."

잠시 후, 삼지연의 섬 중심부에서 약간 동쪽으로 치우친 곳에 당도했다. 현재는 수림이 무성하다.

"흐음! 이 나무들은 어쩌지?"

숲의 요정 아리아니가 있다면 대번에 다른 곳으로 이동시킬 수 있지만 현재는 불가능하다.

"대를 위해 소를 희생하심이 어떤지요?"

도로시의 음성엔 약간의 우려가 담겨 있었다.

"아니! 그럴 필요 없을 거 같아."

현수는 주변을 세심히 둘러보았다. 섬의 북동쪽엔 건물을 지으려고 닦아놓은 공터가 있다.

"흐음! 여기가 괜찮겠군! 디그(dig), 디그, 디그, 디그! 디그……!"

한 번 입술을 달싹일 때마다 거의 5m 깊이의 구덩이가 푹푹 파진다. 오늘 기온은 몹시 낮다. 하여 꽝꽝 얼어붙은 땅이었지만 마법이 이를 극복한 것이다.

물론 일반적인 마법사라면 불가능했을 것이다. 하지만 현수가 누구인가!

역사상 그 어떤 존재도 도달하지 못했던 10서클을 훌쩍 뛰어넘은 마법사의 조종(祖宗)이다. 그렇기에 단단히 얼어붙은 땅덩이가 마치 진흙처럼 푹푹 파인 것이다.

잠시 후 세계수의 씨앗을 파종할 곳으로 자리를 옮기곤 또다시 마법을 구현시켰다.

이번엔 구덩이 하나가 파질 때마다 나무 한 그루씩이 뿌리째 들려진다.

"플라이!"

공중부양마법으로 나무들을 들어 올린 현수는 조금 전에 파놓았던 구덩이에 내려놓았다.

그 전에 구덩이마다 고농도 식물영양제를 살포했다. 강제이주에 대한 대가이다.

어쨌거나 이식(移植)을 마치곤 다시 돌아왔다.

깊이 5미터짜리 구덩이 13개가 있는데 중심부의 하나를 제외한 나머지는 되메우기를 해야 한다.

저쪽에 파놓은 흙을 사용하면 해결된다.

식물의 씨앗을 심는다면서 이토록 깊이 판 것은 이곳의 동결선(凍結線)이 남한보다 훨씬 깊기 때문이다.

참고로, 동결선이란 겨울철에 땅이 어는 최대 깊이이다. 그리고, 이곳 삼지연의 동결선은 2m 이상이다.

남한에서 가장 추운 곳보다도 훨씬 더 추운 지역이기 때문이다. 따라서 동결선보다 얕게 파면 씨앗이 꽝꽝 얼어붙는다. 이렇게 되면 웬만해선 발아하기 어렵다.

아무튼 구덩이 아래를 살펴보니 약간의 수분을 머금고 있는데 금방 얼기 시작한다.

"흐음, 너무 추워서 씨앗을 심어도 별로겠는데? 날이 완전히 풀린 다음에 올까?"

"에고, 마법 됐다가 국 끓여 드실 거예요?"

"… 알았어. 디그, 디그, 디그, 디그, 디그…"

현수는 주변의 땅을 더 팠다. 이번엔 넓고 깊게이다.

세계수 씨앗이 발아했는데 주변의 땅이 너무 단단하게 얼어붙어 있으면 뿌리 내리기 힘든 것을 고려하여 토양을 무르게 하려는 목적이다.

금방 지름 10m, 깊이가 8m인 커다란 구덩이가 완성되었다. 성능 좋은 중장비를 동원해도 몇 시간이 걸렸을 일이 불과 10여 초 만에 끝난 것이다.

"흐음…!"

뭔가를 가늠한 현수는 아공간에서 몇 가지 물품을 꺼냈다. 가로 세로가 각각 8cm 정도인 얇은 스테인리스 철판이다.

"매스 액티베이션!"

샤르르르르릉—!

마나가 스며든 스테인리스 철판에서 살짝 빛이 났다가 사라진다. 항온마법진이 활성화된 것이다.

되메우기로 구덩이의 깊이를 5m 정도로 조정하고는 중심부에 세계수 씨앗을 놓았다.

그러곤 주변 8개 방위에 하나씩 매 1m 높이로 마법진을 박아 넣었다. 이제 아무리 추운 겨울이 되어도 이곳만큼은 일정한 온도를 유지할 것이다.

식물의 생장은 온도와 밀접한 관계가 있다.

	최저온도	최적온도	최고온도
밀	0~5℃	29℃	42℃
소나무	7~8℃	27℃	34℃
강낭콩	9℃	34℃	46℃
옥수수	9℃	34℃	46℃
호박	14℃	34℃	46℃

온도가 너무 낮거나, 높은 환경이 되면 식물은 성장이 멈출 뿐만 아니라 고사(枯死)하게 된다.

이전의 삶에서는 이곳 삼지연이 식물생장에 그리 좋은 환경이 못 된다는 것을 간과했다.

그럼에도 무탈하게 성장했던 것은 세계수의 강인한 생명력과 숲의 요정 아리아니의 가호가 있었던 때문이다.

세계수의 최적온도는 소나무와 같은 27℃이다. 하여 이 온도로 세팅된 항온마법진을 팔방에 박아놓은 것이다.

그리고 보니 살짝 옹색해 보인다. 어마어마한 규모로 자라

나겠지만 씨앗은 그리 크지 않았던 것이다.

현수는 씨앗 뒤에 포갠 손을 살포시 얹었다.

"네게 대지의 은총을 베푸노라. 잘 자라거라."

슈라라라라랑~!

현수의 손바닥 아래로 연한 노란 빛이 씨앗과 주변의 땅으로 번져나간다.

이는 가이아 여신이 넣어주었던 신력이다. 대지의 여신이었으니 식물 생장에 어마어마한 효과가 있을 것이다.

"흐음! 괜찮은 것 같으네."

파 놓았던 흙으로 도로 메웠다.

별로 긴 시간도 아니었건만 벌써 살짝 얼어붙어 있다. 현재 기온이 −38.2℃이니 당연한 일이다.

하지만 구덩이 아래로 내려가고 얼마 지나지 않아 스르르 풀린다. 항온마법진의 강력한 효능 덕분이다.

이것은 세계수가 확실하게 뿌리를 내릴 때까지 늘 일정한 온도가 되도록 지켜줄 것이다.

그 기간은 최소가 10,000년 이상이다.

스테인리스 철판은 항온마법 뿐만 아니라 다른 마법도 활성화되어 있다. 마나집적과 투명화, 그리고 불후(不朽)마법진이 같이 새겨져 있는 것이다.

잠시 후 모든 흙이 되메워졌다. 부피가 늘어서 약간 솟아났지만 여길 팠었다는 건 아무도 모를 것이다.

해빙기가 되어 날이 풀릴 때까지는 아무도 오지 않을 것이기 때문이다.

"다 되었네. 이제 그만 갈까?"

"폐하! 결계는 안 치셔요?"

"결계…? 아! 그렇지."

"미혹진이 제일 괜찮을 거 같아요."

왕국 선포가 되면 이곳은 출입이 금지될 것이다. 그때까지 혹시 있을지 모를 만일을 대비하자는 뜻이다.

누군가 갓 자라난 묘목을 베어낼 수도 있기 때문이다.

"그래, 알았어."

도톰하게 솟은 땅 위로 직선과 곡선이 그려진다.

유려하면서도 기하학적인 문양을 다 그린 후엔 하급 마나석 하나를 박았다. 마나집적진을 포함하고 있어 이 정도만으로도 충분한 것이다.

작업을 모두 끝낸 현수는 손을 털며 중얼거렸다.

"액티베이션!"

샤르르르—!

기하학적인 문양을 따라 옅은 빛이 나는가 싶더니 이내 스러진다. 마법진이 작동하기 시작했다는 뜻이다.

이제 이곳에 오는 사람은 뭔가 홀린 듯 그냥 스쳐서 지나게 될 것이다. 아무것도 없다 느껴질 것이기 때문이다.

"이 정도면 잘 자라겠지?"

대지의 여신인 가이아로부터 신력을 받기는 했지만 제대로 써본 경험이 없다.

하여 적당히 불어넣는다는 생각으로 신력을 개방했지만 너무 적은 게 아닌가 싶은 생각이 든 것이다. 세계수의 어마어마한 덩치를 떠올려보면 확실히 적은 것 같다.

"아무렴요! 신력으로 은총까지 베푸셨잖아요."

약간 불안한 느낌이었지만 이는 기우에 불과하다.

세계수는 아직 씨앗인 상태이다.

완전히 성장한 세계수와 씨앗의 덩치 차이는 1억 배를 훌쩍 넘는다. 그런데 여기에 너무 많은 신력이 부어졌다. 오히려 과함을 걱정해야 할 상황이다.

다행스럽게도 세계수는 여신의 신력이 아무리 과해도 부작용이 발생되지 않는다. 눈에 보이지는 않지만 신력은 씨앗 주변을 완전히 감싸고 있다.

덕분에 구덩이는 물론이고, 그 주변의 토양까지 영향을 받는다. 현수가 딛고 있는 작은 섬은 물론이고, 삼지연 전체와 그 주변까지 해당된다.

어쨌거나 대지의 여신이 내린 거한 축복을 받았다.

하여 이제부터는 어떤 식물이든지 가장 생장하기 좋은 환경이 된 것이다.

"괜찮겠지?"

"아무렴요, 괜찮고말고요. 그러니 걱정 붙들어 매세요."

"오케이! 그럼 여기서 볼일은 다 본 건가?"

말을 하며 새삼 주변을 둘러보았다. 완전히 꽝꽝 얼어붙은 동토와 모든 나뭇잎을 떨궈 앙상해진 수목만이 눈에 뜨인다.

한 줄기 바람이 불자 나무줄기에 쌓여 있던 눈이 우수수 떨어진다. 삭막한 풍경이다.

"이제 다시 곰으로 가실 거죠."

"그래야지! 텔레포트!"

샤르르릉—!

팔락 해변에 다시 나타난 현수는 얼른 투명은신마법으로 신형을 감췄다. 누군가 어슬렁거리고 있었기 때문이다.

잠시 후, 술에 취해 비틀거리던 인영이 사라졌다.

이때 어디선가 청량한 바람이 불어온다. 하여 그쪽을 바라보니 바람의 하급 정령 실프가 열심히 입김을 불고 있다.

"실프?"

"…어억? 제, 제가 보이세요?"

손가락 두 마디 정도 크기의 작은 여자아이 모습을 한 바람의 하급 정령이 허공에 뜬 채 심히 놀란 표정을 짓는다.

"보이니까 말을 하지. 너 실프 맞지?"

"네! 그, 근데 어, 어떻게 아셨어요?"

"어떻게 알긴…! 보이잖아. 근데 넌 여긴 왜 있어?"

"여왕님이 주인님 오신다고 주변 공기를 깨끗이 하라고…. 아! 근데 진짜 제가 보여요? 진짜요?"

지구에 존재하는 바람의 정령 중 서열 1위가 실라디아라서 여왕으로 불리는 모양이다.

"그래! 크기는 요만하고, 생긴 건 작은 여자아이네. 예쁘다. 아니, 귀엽다."

"…어어, 진짜 보이나 보네요! 와아~, 아무도 우릴 볼 수 없었는데 어떻게 볼 수 있는 거죠?"

"흐음! 그건 아마 니가 조금 전에 말한 여왕의 주인님이 나라서 그런 것 아닐까?"

"에엑…! 지, 진짜 우리 여왕님의 주인님이세요?"

"그래! 실라디아가 너희 여왕이라면 말이지."

"헥…! 주, 주, 죽여주세요. 저 따위가 감히 고귀하고, 존엄하며, 위대하신 분과 감히 대화를 나눴다는…."

실프는 화들짝 정도가 아니라 완전히 대경실색한 듯 부르르 떨더니 이내 무릎을 꿇고 고개를 조아린다.

바들바들 떨고 있는 모습이 애처롭게 보인다.

"괜찮아, 괜찮아. 그러니까 일어나."

"아, 아니에요. 저 따위가 어찌…."

"나, 조금 덥다. 조금 전처럼 바람이 불었으면 좋겠어."

진즉에 한서불침을 이룬 데다 슈퍼마스터 경지에 올랐으니 더위와 추위는 전혀 느끼지 못함에도 짐짓 하는 말이다.

* * *

현수는 더위와 추위는 전혀 느끼지 못하지만, 실프가 너무나도 애처롭게 바들바들 떨고 있었기에 긴장을 풀어줘야겠다고 생각했다.

조금 더우니 조금 전처럼 바람이 불었으면 좋겠다는 현수의 말에 실프는 약간의 의욕을 되찾은 것 같았다.

"네? 아, 네에. 그, 그럼 제가…"

벌떡 일어난 실프가 약간의 거리를 두고 입김을 분다. 그런데 의욕이 넘쳐서 그런지 조금 셌다.

조금 보태면 거의 태풍 수준이다.

"이건 너무 세. 이거의 반의 반의 반 정도로 약하게."

"네? 아, 네에. 그, 그럼…"

바람의 강도가 즉각 낮아진다. 날씨 좋은 5월 한낮에 활짝 핀 장미가 살짝 흔들릴 정도로 살랑거리는 바람이다.

"그래! 이 정도가 딱 좋아."

"헤에! 여, 영광이에요."

실프는 몹시 기분이 좋은 듯 환한 웃음을 짓는다.

"그래!"

가볍게 대꾸하고는 사방을 둘러보았다. 그렇게 시간이 제법 흘렀으나 엘리디아는 나타나지 않는다.

"에고, 마냥 기다릴 수밖에 없는 건가?"

저도 모르게 한 말이다.

"그럼 잠시 중동에 다녀올까요?"
"중동?"
"전에 이슬람 원리주의자와 근본주의, 그리고 극단주의자들 정리하라고 말씀하셨잖아요."
"그래. 그랬지."
"시간 있을 때 가서 휴머노이드들 좀 풀어놓고 오죠."
"그럼 그럴까? 근데 여기저기 널려 있잖아."
"그렇긴 하지만 그건 제가 알아서 할게요."
"좋아, 그럼 어디로?"
"여기요."
눈앞에 지도가 떴고, 한 부분의 좌표가 명멸한다.
"오케이! 텔레포트."
샤르르르릉―!
도로시는 124기의 휴머노이드를 풀어놓으라 하였다.
"근데 이렇게 많이 필요한 거 맞아?"
"제거할 대상이 많잖아요. 여기저기 흩어져 있구요."
"쩝! 알았다."
"강검 잊지 마시구요."
"그래그래!"
모두에게 지급된 강검은 날이 새파랗게 서 있다.
참수(斬首) 좋아하는 놈들이었으니 같은 방법으로 제거되면 무슨 말을 할지 궁금하다.

각각의 휴머노이드는 도로시가 지정한 장소로 이동했다. 이라크, 시리아, 예멘, 사우디아라비아 등이다.

휴머노이드가 목적지로 비행하는 동안 처리해야 할 대상의 신상명세가 입력되었다.

목표물의 현재 위치와 얼굴을 알려준 것이다.

이를 위해 위성 6기가 배치되었다.

할리우드 영화를 보면 범죄자가 도주할 때 이를 쫓는 헬리콥터가 등장하곤 한다. 서치라이트를 켜서 경찰들에게 범죄자의 위치를 알려주는 역할이다.

오늘 배치한 위성들이 바로 이런 임무를 맡는다.

덕분에 빠른 시간 내에 임무가 완수될 것이다. 6기의 위성이 떴으니 동시에 600만 명이 추적된다.

바야흐로 살육의 바람이 불어올 예정이다.

"오신 김에 그건 어때요?"

"그거 뭐…?"

"크루드 오일 하드너(crude oil hardener)요."

중동 지역에서 전쟁이 끊이지 않는 이유는 종교도 있지만 원유 때문인 경우가 더 많다.

돈이 되기 때문이다.

만일 기름 한 방울 나지 않는 땅이 되어버리면 아무도 거들떠보지 않을 황량한 사막일 뿐이다.

돈이 안 되면 서로 차지하려는 일도 사라진다.

도로시가 언급한 크루드 오일 하드너를 투입하면 매장된 원유가 아무리 많아도 퍼 올릴 수 없게 된다.

자석의 끝에 쇠못을 붙이면 이 못은 일시적인 자성(磁性)을 갖게 되어 다른 쇠붙이를 끌어당긴다.

자성이라는 정보가 쇠붙이에 전이(轉移)되기 때문이다.

크루드 오일 하드너 역시 이런 정보전달력을 가졌기에 한 번만 투입하면 유정(油井) 전체가 딱딱하게 굳는다.

셰일가스와 오일을 추출하는 공법으로 널리 알려진 수압 파쇄법으로는 전혀 깨지지 않는다.

모스 경도가 5.5~7인 화강암보다 단단한 감람암만큼 단단하게 굳기 때문이다.

이렇게 되면 직접 땅을 파고 들어가 특수장비로 어렵게 채굴한다 하더라도 사용하기 어렵다.

녹는점이 1,270℃ 정도이기 때문이다.

그런데 이 정도로 가열하면 용융과 동시에 화재가 발생된다. 예를 들어, 등유의 인화점은 37~65℃이고, 발화점은 220℃이기 때문이다.

참고로, 인화점은 가연성 물질을 만들어내어 불이 붙게 할 수 있게 하는 가장 낮은 온도이고, 발화점은 물질을 가열할 때 스스로 불이 붙어 연소가 시작되는 최저온도이다.

아무튼 암석 상태가 된 원유는 무용지물이다.

따라서 크루드 오일 하드너가 투입되면 그 유전은 끝이다.

아주 단단한 지반으로 변해버리기 때문이다.

그런데 원인이 있으면 결과가 있고, 문제가 있으면 해결방법이 있기 마련이다.

단단하게 굳어버린 유전을 원래 상태로 되돌릴 방법이 아예 없는 것은 아니다. 이실리프 리퀴페이션트(liquefacient)라는 걸 투입하면 다시 액체 상태가 된다.

이실리프 제국에선 그냥 '액화제' 또는 '용해제' 라고 칭하는 물질이다.

화성 지저에 매장된 각종 광석을 채취하던 중 고안된 것이다. 다이아몬드 드릴로도 뚫기 힘들 만큼 단단한 지층을 무력화하여 원하는 광물을 쉽게 채취할 목적이었다.

예를 들어, 화성 지하에서 금광이 발견되었다.

그럼 금속 탐지기의 레버를 금으로 맞춰 탐사한 후 최대한 깊이 파고들어 간다.

원하는 깊이에 도달하면 카메라와 장비를 이용하거나 안드로이드를 내려 보낸다.

장비만 내려 보내면 직경 30㎝, 안드로이드가 내려가면 1m 정도면 충분하다.

아무튼 금맥의 끝이 확인되면 그 부분에 이실리프 이퀴페이션트 장비를 대어놓는다.

그럼 아주 미세한 진동이 전달되는데 일정 시간이 지나면 금만 액화되어 천천히 흘러내리게 된다.

액체 상태이지만 뜨겁지 않은 것이 특징이다.

이를 끌어 올리면 아주 쉽게 놓치는 것 없이 모든 금을 채취할 수 있다.

금뿐만이 아니다.

이실리프 이퀴페이션트는 다양한 광물이 혼재되어 있는 경우 선택적으로 특정 물질만 액화시킨다.

예를 들어, 금과 은, 구리, 그리고 철이 섞여 있는 경우 하나씩 차례대로 액화시켜 채취할 수 있는 것이다.

아무튼 감람암처럼 단단하게 굳어버린 원유 또한 액화시켜 다시 퍼 올릴 수 있게 된다.

"원유 경화제를 쓰자고? 어디에?"

"시아파의 수괴인 이란과 수니파의 두목 사우디아라비아의 유전 어때요? 이라크는 깍두기로 끼워주고요."

2016년의 국가별 석유 생산량 순위는 아래와 같다.

순위	국가	생산량(bbl/day)
1위	러시아	10,551,497
2위	사우디아라비아	10,460,710
3위	미국	8,875,817
4위	이라크	4,451,516
5위	이란	3,990,956

도로시의 의견대로라면 2위와 4위, 그리고 5위의 유전을 모두 굳혀버리자는 뜻이다.

"……!"

현수는 잠시 말문을 닫았다. 너무 과격한 의견이라 생각한 것이다. 사우디아라비아와 이라크, 그리고 이란으로부터의 석유 공급이 완전히 끊겼을 때를 떠올린 것이다.

지나는 엄청난 홍수와 전염병, 그리고 내전에 버금갈 혼란 상황 등으로 인해 인구의 절반 이상이 사라졌다.

본래 16억 명을 훨씬 넘겼었는데 현재 인구는 7억 명 남짓으로 줄어들었고 계속해서 감소하는 추세이다.

홍수로 인한 사망자보다 전염병과 살육으로 인한 사망자 수가 현격하게 많아지고 있기 때문이다.

장강 이북지역은 인적이 완전히 끊겼고, 홍수 피해가 적었던 장강 이남지역은 아수라장이나 다름없다.

전력 공급이 끊기면서 모든 공장이 정지되었고, 작물 수확은 난망하다. 다 성장하기도 전에 훑어가는 놈들이 지천에 깔려 있기 때문이다. 배고픔 때문이다.

현재는 식량과 생필품 등을 차지하기 위해 싸우고 있다.

대한민국은 에이프릴 증후군으로 인해 나라 전체가 봉쇄된 상태라 모든 입출국과 수출입이 끊겼다.

천지건설 임직원들만 아제르바이잔과 콩고민주공화국 등으로 오가고 있을 뿐이다.

예전 같으면 돈 싸들고 국외로 빠져나가기 위해 권력을 앞세워 항공기의 빈자리를 요구하는 개만도 못한 족속들이 분명히 있었을 것이다.

그런데 아무도 그러지 않았다. 그럴 만한 것들은 이미 다 폐사했거나 고통에 겨운 신음을 지르기 바쁘다.

이는 '유전무죄, 무전유죄'라는 유행어가 만들어질 정도로 썩어 빠졌던 대한민국 사회가 1급수에 버금갈 정도로 정화되어가고 있다는 반증이다.

조만간 모든 인간쓰레기들의 영혼이 말살되고 나면 대한민국은 한결 살 만한 국가가 될 예정인 것이다.

아무튼 지나와 대한민국이 멈춰 서면서 글로벌 공급망이 박살 났다. 하여 한국과 지나를 상대로 무역을 하던 모든 국가에 비상이 걸렸다.

이들 두 국가의 반도체와 각종 소재, 부품, 장비, 소비재 등에 의존하던 회사들은 조업이 중단된 상태이다.

이로 말미암아 물가 대란이 빚어지는 중이다. 수요는 여전한데 공급이 끊겼으니 당연한 일이다.

이런 상황에 도로시가 대만의 TSMC에 개입했다. 다들 알다시피 반도체 파운드리 업체이다.

파운드리(foundry)란 원래 주형에 쇳물 등을 부어 금속을 찍어내는 주조공장을 의미한다. 현재는 반도체 설계도를 받아 이를 생산해 주는 공장이라는 의미로도 쓰인다.

그런데 TSMC의 누군가가 반도체에 관한 기술을 지나로 유출한 정황이 포착되었다. 하여 이 회사의 모든 컴퓨터를 일종의 랜섬웨어로 감염시켰다.

유출된 기술이 무엇인지 확인하기 위함이다.

누가, 어디서, 언제, 어떤 기술을, 어떻게 빼돌렸으며 누구에게 전달되었는지 그 증거를 확보하려는 것이다.

하여 서버와 하드디스크에 저장되어 있는 현존 파일은 물론이고, 이미 삭제된 것과 덮어쓰기 된 것 이전의 모든 것들을 샅샅이 뒤지는 중이다.

100만 번이나 덮어쓰기를 했어도 도로시는 확실하게 찾아낼 수 있을 것이다.

뿐만 아니라 클라우드 서버의 파일 또한 조사되고 있다.

이밖에 TSMC와 하청업체의 임직원 및 그 가족들이 사용하는 모든 휴대폰들은 철저하게 감청하고 있다.

통신사 서버까지 뒤져서 주고받았던 문자와 통화 내역까지 전부 조사한다.

기한은 '혐의 없음'이란 결론이 내려질 때까지이다. 다시 말해 무고함이 완벽하게 증명될 때까지 뒤져진다.

아무튼 TSMC의 모든 생산라인은 완전한 정지 상태이다. 단 하나의 반도체도 생산되지 못하는 것이다.

그 결과 전 세계는 반도체 부족 사태를 겪고 있으며, 이를 구하기 위해 혈안이 되어 있다.

그래서 에이프릴 증후군으로 인해 무수한 사망자가 발생되고 있어 초위험 국가로 분류된 한국에도 연락을 시도하였다.

물론 품귀현상이 빚어진 각종 반도체를 구하기 위함이다.
 하지만 이런 시도는 모조리 무산되었다.
 도로시가 유무선 전화를 완전히 차단하였기 때문이다.
 아울러 한국에서 외국으로 보내는 모든 이메일은 정상적으로 도달하지만, 외국에서 한국으로 보낸 것들은 거의 대부분 엉뚱한 곳으로 보내지고 있다.

Chapter 02
—
핵융합발전기

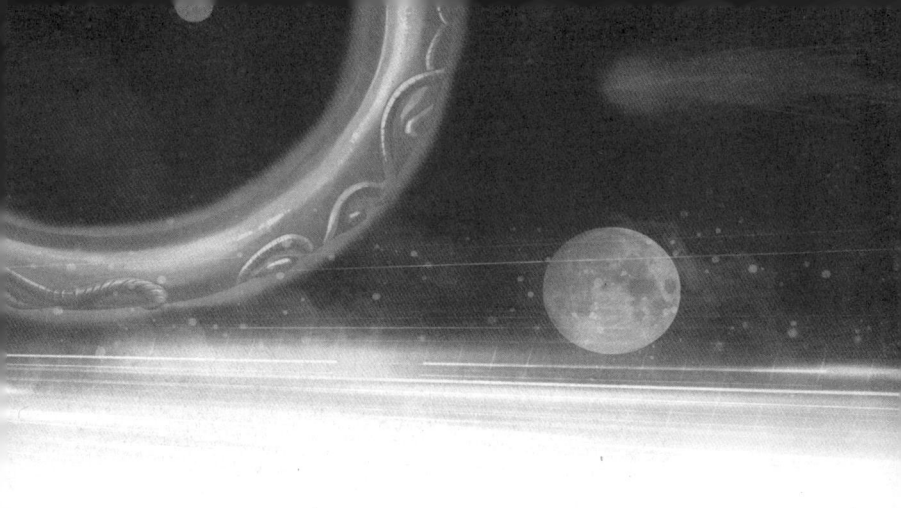

abcd@hotmail.net이란 이메일 주소로 '반도체 구매요청서'를 보내면 abcde@hotmail.net 또는 abcd@hotmail.com으로 보내지는 식이다.

외국의 모 업체는 반도체가 모두 소진되어 생산이 멈추게 되자 너무도 급해진 나머지 목숨을 걸고 한국으로 향하는 항공기 티켓을 구하려 하고 있다.

하지만 모든 입출국이 금지되어 있는데 어찌 자리를 구할 수 있겠는가! 하여 발만 동동 구르고 있을 뿐이다.

아무튼 한국은 현재 미래를 위한 체질개선 중이다.

음모와 협잡, 그리고 뇌물과 담합, 농간, 술수, 폭력 등으로 사회 및 경제 질서를 어지럽히던 것들은 직업을 잃었다.

한국의 재벌사엔 기업활동보다 '총수의 사적 이익'을 우선시하는 일종의 사조직이 있다.

소위 '컨트롤타워'라는 명칭으로 무소불위한 권력을 휘두르고 있는 집단이다.

예를 들어, 미래전략실, 기획조정실, 구조조정본부, 비전전략실 등이 바로 그런 것들이다.

명칭만 다를 뿐 하는 일은 대동소이하다.

이곳에 재직하던 자들 중 일부는 딸랑이 짓이나 하면서 출세를 노리던 것들이다.

그 숫자가 상당히 많았는데 모두 떨려났다.

아울러 이들의 이력은 블랙리스트에 올랐다. 향후 100년은 어떠한 회사에도 취직하지 못하게 하기 위함이다.

아마도 학창 시절에 공부는 매우 잘했을 것이다. 그러지 않았다면 미전실이나 기조실 멤버가 못되기 때문이다.

아무튼 학업 성적은 매우 뛰어났다.

그런데 사회인에겐 영어단어나 수학공식보다 우선하여 반드시 갖춰야 할 필수덕목이라는 것이 있다.

도덕성과 인간성, 그리고 양심이 그것이다.

재벌 총수 밑에 붙어 오로지 출세만 지향하는 동안 온갖 불의한 일을 자행했다.

아울러 타인에게 상처 주는 것에 전혀 개의치 않았다.

반드시 갖춰야 할 기본 소양보다 총수 일가의 욕망과 요구 또는 자존심이 훨씬 더 중요하다 여긴 것이다.

　알량한 임금 몇 푼이 세속의 윤리와 도덕보다 월등히 우선시되었다. 다시 말해 인간으로서 갖춰야 할 필수덕목과 현격하게 이격(離隔)되어 있었던 것이다.

　한국엔 소위 막장이라 칭해지는 드라마들이 많다. 이것엔 의례 지극히 이기적인 악역들이 등장하곤 한다.

　농토와 선산까지 팔아 아들의 학비를 대줬던 노부모와 공부를 잘했어도 진학을 포기하고 공장에 취업하여 힘겨운 나날을 보내는 동생들도 등장하곤 한다.

　이 드라마에 등장하는 악역들은 오로지 본인의 출세만을 추구한다. 그러다 재벌의 딸과 결혼하면 부모와 형제를 멀리하고, 이들의 연락을 귀찮아한다.

　때때로 필요한 일이 있으면 마지못해 연락하는데 온전히 본인 위주의 이기적인 행동을 한다.

　약자에게 잔인하고, 강자에 비굴한 표본이라 할 수 있다.

　아울러 갑질을 서슴지 않는다.

　아파트 경비원 또는 마트 직원, 하청업체 임직원 등을 상대로 온갖 패악을 부리기도 한다.

　미전실이나 기조실 등에 있던 딸랑이 중 몇몇이 이러했다. 사회에서 도태시켜야 하므로 블랙리스트에 올린 것이다.

　아무튼 세계는 지금 반도체 대란을 겪는 중이다.

그럼에도 삼성전자와 SK하이닉스는 생산라인 점검 및 개선에만 몰두하고 있다. 반도체 가격이 천정부지로 뛰어오르고 있음에도 생산에는 별 관심이 없는 것이다.

이는 상부에서 하달된 지시 때문이다.

어쨌거나 도로시는 지나로의 기술 유출이 사실이 아니더라도 당분간은 반도체 생산을 못 하도록 막을 예정이다.

소위 선진국이라 하는 도덕적 책임감이 거의 없는 특정 국가들만 빠르게 발전하면 또다시 식민지 쟁탈전이 재현될 수 있기 때문이다.

그러면 자원과 인력 수탈을 위한 악행들이 자행된다.

한국이 일본에 의해 34년 11개월 동안 당했던 치욕과 불행, 그리고 분노와 억울함 등이 세계 각지에서 또다시 벌어지는 것이다. 이런 꼴을 어찌 두고 보겠는가!

그렇기에 인류의 지나치게 빠른 발전을 더디게 하려는 목적으로 반도체 생산에 막대한 차질을 야기시킨 것이다.

여기에 원유 공급까지 차단되면 어떤 일이 빚어지겠는가!

유가의 엄청난 급등은 당연하다. 아마 인류가 한 번도 경험하지 못한 가격까지 오르게 될 것이다.

1973년에 이스라엘과 아랍국 사이에 제4차 중동전쟁이라 칭하는 '욤키푸르 전쟁'이 일어났다.

미국과 영국 등이 이스라엘을 지지하자 OPEC(석유수출국기구)는 이스라엘이 아랍 점령 지역에서 철수할 때까지 미국에 원유 수출을 금지하고, 매월 원유 생산량을 5%씩 감산하겠다고 발표했다.

그 즉시 유가가 4배나 폭등했다. 이걸 제1차 오일 쇼크 또는 오일 파동이라 칭한다.

1979년엔 이슬람혁명을 주도했던 호메이니가 팔레비 왕조를 지원한 미국과의 단교를 선언했다.

아울러 대미 석유수출금지 조치를 내렸다. 그러자 국제 유가가 대번에 3배나 폭등했다.

이를 2차 오일 쇼크라 칭하는데 그 결과 세계는 또 한 번의 스태그플레이션(stagflation)을 겪게 되었다.

참고로, 스태그플레이션이란 스태그네이션(stagnation)과 인플레이션(inflation)을 합성한 용어이다.

소득의 증가세가 축소되는 경기침체와 더불어 전반적인 물가수준이 지속적으로 상승하는 인플레이션이 동시에 발생하는 현상이다. 즉, 돈은 덜 벌리는데 생필품 등의 가격이 왕창 오르는 현상을 뜻하는 말이다.

아무튼 실업률과 물가상승률이 모두 상승하여 국민의 경제적 고통은 크게 늘어났다.

2017년 1월 현재 서부텍사스 중질유(WTI)의 가격은 약 54달러이다. 이는 전년에 비해 많이 오른 가격이다.

이런 상황에 대표적인 산유국인 사우디아라비아와 이란, 그리고 이라크의 생산이 멈추면 얼마나 폭등하게 될까?

1차와 2차 오일 파동 때 상승한 유가는 각각 4배와 3배였고, 두 번 다 심각한 스테그플레이션이 발생되었다.

덕분에 서민들의 고통이 상당했다.

석유 생산량 Top5 국가 중에서 사우디아라비아와 이란, 그리고 이라크가 차지하는 비중은 약 50%이다.

따라서 이들의 생산이 멈추면 54달러였던 유가는 대번에 폭등하게 될 것이다.

도로시의 계산에 의하면 1,000달러 이상으로 폭등할 확률이 무려 76.55%라고 한다. 반드시 믿어야 할 수치이다.

3~4배만 올라도 난리가 벌어지는데 무려 18.5배나 올라버리면 어떤 일이 빚어질까?

모두가 알다시피 석유는 모든 산업의 근간이다. 따라서 당장이라도 자원전쟁이 벌어지게 된다.

이는 점잖은 설전이 아니라 미사일이 난무하고 총알이 빗발치는 전쟁이 벌어지는 것이다.

어쩌면 핵폭탄까지 동원될지도 모른다.

이미 전 세계 모든 국가의 핵탄두 전부가 디신터봇에 의해 매우 안정적인 하인스늄으로 변해버린 상태이다.

따라서 버섯구름이 일거나 방사능 때문에 골치 썩을 일은 전혀 없다. 하인스늄은 폭발하지 않기 때문이다.

누군가 발사는 할 수 있다. 핵미사일의 추진체는 핵물질이 아니기 때문이다. 그러면 그저 커다란 쇳덩이 하나를 쏘아 올리는 일에 불과하다. 이게 떨어지면 건물이 부서지는 등의 일은 일어나겠지만 그것으로 끝이다.

문제는 핵무기가 최후의 수단이라는 것이다.

그 이전 과정만으로도 수많은 목숨이 스러지게 된다. 재래식 무기의 위력도 결코 만만치 않기 때문이다.

그나마 다행인 것은 자원 욕심이 지나칠 정도였던 지나가 멸망 상태가 되어 참전이 불가능하다는 것이다.

어쨌거나 중동의 유전들을 고체화하는 것은 재고할 문제이다. 전쟁을 야기할 수 있기 때문이다.

그런데 마냥 고심만 할 일은 아니다. 인류의 화석연료 사용이 줄어들면 대기가 좋아지기 때문이다.

석유와 석탄의 연소가 대기환경 오염과 밀접한 관계가 있음을 부인할 인사는 아무도 없을 것이다.

"대체 에너지 기술은 어느 정도인 거지?"

"지열과 태양광 발전 이외에도 풍력과 조력을 이용한 기술 등이 연구되고 있어요."

"연구되고 있다는 뜻은 아직 화석연료를 대체하지 못한다는 뜻이지?"

"네! 아직은 완벽한 대체는 불가능해요."

"흐으음!"

현수는 낮은 침음을 냈다. 대안 없이 원인을 제거하면 반드시 문제가 발생됨을 경험상 알기 때문이다.

"원전은?"

"현재의 기술로는 아슬아슬하죠."

원전을 지어 가동할 수는 있지만 후쿠시마나 체르노빌 같은 사고가 확실히 안 일어난다는 보장이 없다는 뜻이다.

"핵융합은?"

"그건 아직 멀었어요."

"끄으응! 어떻게 하면 화석연료를 대체하지?"

현수의 중얼거림을 들은 도로시가 대꾸한다.

"뭘 고민하세요. 핵융합발전기를 보급하시면 되잖아요."

"그걸…?"

"현재의 기술로는 뜯어볼 수도 없고, 설사 그런다 해도 어떤 원리로 작동하는지 파악 불가능하잖아요."

고도로 발전된 과학으로도 핵융합발전기를 소형화하는 것은 실패했다. 원료인 중수소나 삼중수소의 공급 때문이다.

그리고 수천°C의 온도로 가열해 만든 플라즈마 상태의 수소원자핵을 고주파를 이용해 1억°C 이상의 초고온 상태로 만드는 장치 역시 소형화할 수 없었다.

이를 해결한 것은 마법이다.

중수소와 삼중수소를 구하는 것은 어려운 일이 아니다. 바닷물에 무한정 존재하기 때문이다.

이를 확보하기 위해 사용된 것은 웜홀 및 아공간 마법이다. 현수가 창안한 것으로 청정한 바닷물 속의 중수소와 삼중수소를 발전기에 공급하는 역할을 맡고 있다.

참고로, 이 마법은 바다로부터 3,000km 이상 떨어진 곳에서도 정상적으로 작동한다.

하여 발전기는 내륙 깊숙한 어디라도 설치될 수 있다.

다음으로 적용된 마법은 초고온을 발생시키는 화염 마법과 이 장치를 소형화하는 축소마법이다.

이밖에 20여 가지의 마법이 더 적용된 결과 소형화 및 안정화를 이룰 수 있었던 것이다.

그중 하나는 유지(maintain) 마법이다.

이 마법이 활성화되면 장치의 노후화가 늦춰지고, 금속에 가해지는 피로도를 극도로 경감시킨다.

그래서 발전기의 수명이 대폭 늘어난다.

그럼에도 핵융합발전기는 매 500년마다 교체했다.

수명은 750년 정도였지만 기술과 마법의 발전에 따른 효율이 개선되어 미리 교체했던 것이다.

앞으로 사용하게 될 최종 버전은 1,000년 주기로 교체할 예정이다. 참고로, 이것의 수명은 1,250년 정도이다.

이밖에도 만일을 대비한 마법이 있다.

누구든 분해하려고 하면 발전기 전부가 지정된 아공간으로 전송되는 텔레포트 마법진이 바로 그것이다.

원래는 사고 발생 시 수리를 위해 적용시킨 마법이다.

예를 들어, 러시아 사하 지역에 위치한 작은 마을인 오이먀

콘(Oymyyakon)에 설치된 것에 문제가 발생한다면 이를 수리하기 위해 누군가 그곳까지 가야 한다.

일기 화창한 계절이라면 여행 삼아 출장을 갈 수도 있다. 그런데 이 지역은 세계에서 가장 추운 곳이다.

1926년 1월 26일의 기온은 영하 71.2℃였고, 요즘도 겨울이 되면 영하 50℃ 정도가 된다.

한겨울에 이런 곳으로 출장 가라고 하는 것은 목숨을 내놓으라는 것이나 다름없을 것이다.

하여 발전기를 통째로 이동시켜 수리를 한 후 다시 제자리로 되돌리려는 목적으로 마법진을 새겨놓은 것이다.

이제 마나를 사용할 수 있게 되었으니 핵융합발전기를 얼마든지 제조하고 사용할 수 있게 되었다.

곧 건국될 이실리프 왕국의 에너지 문제가 선결되면 외국에 수출할 수도 있을 것이다.

그런데 문제점이 있다.

먼저 장치의 수명이 1,250년이라고 하면 누가 믿겠는가!

게다가 내륙 깊숙한 곳에 설치해도 되고, 그게 끝나면 아무것도 공급하지 않아도 된다.

발전소를 짓는다고 전기가 공짜로 만들어지는 것이 아니다. 그러기 위해선 발전 비용을 부담해야 한다.

화력 발전이라면 석유나 석탄, 가스 같은 원료가 필요하다. 이밖에 발전소 인건비, 유지비, 소내 전력비, 보수 운전비 등이 필요한 것이다.

그런데 현수의 핵융합발전기는 이런 잡다한 비용이 전혀 들지 않는다.

원료는 웜홀 및 아공간 마법으로 해결된다.

그리고, 유지와 보수는 원격조정이 가능한 내장 로봇이 전담한다. 당연히 인건비 지출이 필요 없다.

부속된 아공간에는 충분한 양의 소모성 부품이 있다.

따라서 한 번 설치되면 더 이상 돈 들 일이 없으니 거의 공짜로 전기를 공급받게 되는 셈이다.

* * *

이런 설명을 들으면 누구나 말도 안 된다고 할 것이다.

세상엔 진리(眞理)라는 것이 있다.

넓은 의미로 모든 참, 또는 참인 명제이다. 항상 그러하다는 뜻이다. 그런데 마나가 간섭하면 더 이상 진리가 진리가 아닐 수도 있다.

열역학 제1법칙은 항상 참인 명제였다.

열과 일은 에너지의 한 형태로 일은 열로, 열은 일로 변환 가능하다. 이렇듯 형태가 바뀌게 되더라도 에너지의 총량은 일정하다는 것이다.

과학자들은 이를 '에너지 보존의 법칙'이라고 칭한다.

그런데 여기에 마나가 개입하면 이야기가 달라진다. 에너지의 총량이 얼마든지 늘어나거나 줄어들 수 있는 것이다.

증폭마법이 좋은 예이다.

가정용 전기가 증폭마법진을 통과하면 전압이 변화한다.

220V였던 것이 22,000V로 늘어날 수 있다. 한 번 더 마법진으로 증폭시키면 2200,000V가 될 수도 있다.

또 다른 예로 빛의 직진성이다.

빛은 같은 물질 속을 지날 때 곧게 나아간다. 그런데 특정 마법진을 만나면 이 법칙이 깨진다.

곡선으로 진행될 수 있으며, 직각으로 꺾이거나 소용돌이처럼 한 자리에만 맴돌 수도 있다.

1서클 마법인 '라이트'는 대기 중의 마나를 빛으로 변환시키고, 이를 한 자리에 뭉쳐 있게 한 것이다.

뉴턴의 '만유인력의 법칙'도 진리가 아닐 수 있다.

나무에서 떨어지던 사과가 하늘로 치솟을 수도 있고, 중간에 멈춰 있을 수도 있다.

반중력 마법으로 얼마든지 가능한 일이다.

프랑스의 화학자 라부아지에(Antoine L. Lavoisier)가 발견한 '질량 보전의 법칙' 또한 항상 참인 진리가 아니다.

참고로, 이 법칙은 '질량불변의 법칙'이라고도 한다.

지금까지는 지구의 인구가 아무리 많아져도 전체 질량은 늘 일정했다. 그런데 앞으로는 그렇지 아니하다.

마나가 간섭하면 질량이 크게 늘어날 수도 있고, 대폭 감소할 수도 있다.

지금까지의 진리는 마나를 전혀 모르는 상태에서 규명된 것들이다. 그러므로 핵융합발전기에 관한 설명을 아무리 자세히 풀어서 설명해도 이해할 수 없을 것이다.

7서클 마법사도 어렴풋이 이해할 수 있을 정도로 고난도 마법의 향연이기 때문이다.

그런데 뭐 하러 이해시키려 애를 쓰겠는가!

핵융합발전기를 팔지 않으면 그만이다. 화석연료의 사용을 못 하게 하는 대신 전기만 팔면 속이 편해진다.

우선은 대한민국과 러시아, 우크라이나, 벨라루스, 콩고민주공화국에 판매한다.

한국의 경우는 한전에 전기를 공급한다. 현재의 발전원가의 5~10분의 1 정도 가격이면 쌍수를 들고 환영할 것이다.

"크루드 오일 하드너를 투입하자고 했지?"

"넵!"

"좋아! 일단 아프가니스탄의 유전부터 투입하지."

테러단체인 탈레반과 알 카에다, 그리고 IS가 준동하던 곳이라 찍은 것이다.

"저는 찬성이에요. 다른 곳은요?"

도로시의 즉답을 들은 현수는 잠시 상념에 잠겼다.

"에너지 문제가 어느 정도 해결되면 그때!"

"네! 메모해 둘게요."

잊지 말자는 뜻이다. 화석연료의 연소가 대기에 미치는 영향이 어떤지 너무도 잘 알기 때문이다.

"그래도 다음 순서 정도는 알려주세요."

"그래! 사우디아라비아와 이란, 이라크!"

"네! 명심할게요."

"이제 다시 갈까?"

"팔락 해변으로요? 네, 가요!"

되돌아와 보니 엘리디아가 노임을 데리고 있다.

중동으로 떠나기 전에 실프에게 기다리라는 말을 전하라 했다. 그 명령을 착실히 이행하고 있던 것이다.

"마스터!"

"그래, 수고했어."

엘리디아에게 고개를 끄덕여 주곤 노임에게 시선을 주었다. 진흙 반죽으로 빚은 골렘 비슷한 형상이다. 오랫동안 엄청난 수압을 견뎌서 그런지 살짝 짓눌린 표정이다.

"내가 누군지 설명을 들었지?"

"네, 마스터!"

노임은 현수가 나타남과 동시에 진한 마나의 향을 느꼈다.

세상에서 가장 깊은 바닷속으로 내려가 영겁에 가까운 세월 동안 머물렀다. 그 이유는 마나를 모으기 위함이다.

오염되지 않았고, 수압 때문인지 지상보다 훨씬 마나의 농도가 짙었기에 택한 곳이다.

그런데 그 긴 세월 동안 모았던 것의 수천 배는 족히 될 듯한 아주 아주 진한 향이었다.

대번에 눈이 돌아갈 지경이지만 감히 발작하지는 못했다. 아우라처럼 번지는 신성력과 신력 때문이다.

범접해선 안 된다는 본능이 제어한 것이다.

겉모습만 보면 분명한 인간이다. 그런데 추측할 수 없는 존재의 유희인 것으로 느껴진다.

아마도 전설처럼 전해지는 창조주가 분명할 것이다. 그렇기에 이토록 지극히 정중한 모습이다.

게다가 물의 최상급 정령인 엘리디아가 분명 자신의 주인이라고 소개했다.

아주 오래전엔 다수의 정령이 인간과 계약을 맺고 소소한 도움을 주고받는 등의 일탈이 있었다.

물의 정령과 인연을 맺었던 몇몇은 바다 깊은 곳의 절경을 구경하거나, 침몰한 배에서 보물을 건져 올렸다.

그러기 위해선 물속에서 호흡할 수 있어야 하고, 능숙하게 유영할 수 있어야 한다. 이를 위해 물의 정령은 폴리모프의 일종이라 할 수 있는 변신마법을 걸어줬다.

정령마법의 일종이다.

이 마법에 걸리면 귀 뒤쪽에 아가미가 생겨 수중호흡이 가능해지며 하반신이 물고기처럼 변했다.

우연히 이를 목격했던 어부들의 입을 통해 인어의 전설이 전해진 것이다.

이밖에도 정령과 연관된 많은 이야기들이 전승되어 오고 있다. 아일랜드와 스코틀랜드 쪽에 전해지는 것들이 많았는데 이를 책으로 엮어놓은 것들이 있다.

윌리엄 예이츠(William B. Yeats)의 '아일랜드 요정담과 민담'이 그중 하나이다.

테레사 브레슬린(Theresa Breslin)의 '물의 요정 켈피'는 스코틀랜드 옛이야기 모음집이며, 한국에선 건국대학교에서 2004년에 발간한 '아일랜드 요정의 세계'가 있다.

어쨌거나 아주 오래전엔 정령과 인간의 교류가 있었다.

그러다 증기기관이 발명되었고, 인간의 문명이 급속도로 발달하기 시작했다. 이전에도 그러했지만 그 이후론 그야말로 전쟁이 끊일 날이 없었다.

매캐한 화약 냄새와 디젤엔진 등의 매연은 지구의 대기를 빠르게 악화시켰다. 뿐만 아니라 산업폐기물과 각종 쓰레기로 인해 환경이 점점 더 나빠졌다.

모두 인간들의 소행이다.

지구의 어떤 생물도 인간보다 환경을 파괴하는 존재가 없다. 하여 정령들은 일제히 인간사에서 손을 뗴었다.

가까이 지내봐야 별 소득도 없고, 인간들 대부분 지극히 이기적이며, 환경이나 망치는 존재이기 때문이다.

그렇기에 더 이상의 정령 이야기가 생기지 않는 것이다.

어쨌든 노임이 보기에 현수는 대단히 심상치 않은 존재이다. 가까이 존재하는 것만으로도 위엄이 느껴지고, 저절로 고개가 숙여지기 때문이다.

"노임! 나를 위해 일을 해주겠어?"

"…네! 위대하신 존재를 돕는 일은 저의 큰 기쁨이죠."

"그래, 고맙군! 흐음, 그럼 일단 자리를 옮기자."

날이 밝아오자 바닷가로 산책하러 나오는 사람들이 늘고 있었기 때문이다. 정령들이 눈에 뜨이지는 않겠지만 홀로 중얼거리는 현수의 모습은 괴이해 보일 수 있다.

게다가 현재는 바하마에 있어야 할 존재이다. 그렇기에 사람들의 시선을 피하려는 것이다.

"네. 뜻대로 하십시오."

"좋아! 텔레포트!"

샤라라라라랑~!

한 줌의 마나가 허공을 수놓는가 싶더니 일행의 모습이 사라진다. 잠시 공기가 일렁이는 정도였는지라 전혀 위화감이 느껴지지 않는다.

현수가 엘리디아와 노임을 데리고 나타난 곳은 인도네시아 자바섬에 위치한 클루드 화산의 분화구이다.

이틀 전만 해도 이렇게 하려면 상당히 긴 시간을 비행기 좌석에서 보냈어야 한다.

다행히도 마법을 쓸 수 있게 되었다. 그래서 얼마나 편한지 말로 형언하기 어렵다.

"아! 오셨어요?"

일행은 실라디아의 환영을 받았다.

"그래! 샐리스트는?"

"저기, 저 밑에 있어요."

유황 냄새 짙은 연기가 뭉글거리는 화구를 가리킨다.

"밑에…? 안 올라온대?"

"싸가지가 너무 없어요."

"싸가지가 없어?"

"네! 제 말을 못 믿겠다고 하더라구요."

"중급이 최상급의 말을 안 듣는다고?"

실로 어이없다는 표정으로 물은 말이다.

정령계는 위계질서가 인간계보다 더하면 더했지 결코 덜하지 않다.

정령계는 물, 불, 바람, 땅의 정령이 전체의 99%를 차지하고 있으며 각각은 거의 비슷한 비중을 가졌다.

이외에 빛, 어둠, 금속, 번개 등의 정령이 더 있기는 하지만 워낙 적은 데다 대부분이 최하급 내지 하급이다.

하여 전혀 목소리를 내지 못한다.

아무튼 물, 불, 바람, 땅의 정령들은 각각을 존중하고 일정한 거리를 유지한다.

서로 부딪힐 일이 없으니 불화 발생 소지가 적었다.

그리고 같은 계열이 아니더라도 지금처럼 두 단계 이상 차이가 나면 공경하고, 예의를 갖추는 것이 불문율이다.

샐리스트는 중급이고, 실라디아는 최상급이다.

따라서 실라디아의 말에 샐리스트는 복종하는 척이라도 해야 한다.

이를 따지고 들자 샐리스트는 이렇게 대답하였다.

"나는 현재 중급이지만 조만간 상급으로 진화할 예정이야."

중급 거의 끝 무렵이라는 뜻이다.

"그래? 그래서?"

"당신이 최상급 정령인 건 인정하지만 상급에서 진화한 지 이제 겨우 하루도 안 되었잖아."

현수 덕에 진화했음을 이야기했던 걸 꼬투리 삼은 것이다.

"그게 무슨 상관인데?"

"나는 거의 상급, 당신은 간신히 최상급! 인정?"

"뭐라고?"

"우리 둘 다 상급이나 마찬가지라는 말이야."

"헐! 뭐 이런 병…."

실라디아가 발작하려 할 때 샐리스트의 말이 이어졌다.

"누가 뭐래도 우린 거의 동급이야. 게다가 나는 불, 당신은 바람. 종족이 다르잖아. 이것도 인정?"

"……!"

살짝 화가 난 실라디아가 손을 쓰려 할 때 샐리스트의 말이 또 이어졌다.

"이러면 내가 당신의 말을 따라야 할 하등의 이유가 없지."

"뭐어? 어디서 이런 싸가지 없는 것이…."

대노한 실라디아가 손을 쓰려 할 때 샐리스트가 얼른 말을 자르고 들어온다.

"틀딱 같은 소리 하지 말고 꺼지쇼. 난 바쁘니까."

"뭐어…? 틀딱? 내가…? 어디서 이, 이런…!"

이런 놈은 초장부터 버릇을 고쳐놓아야 한다. 안 그러면 수시로 기어오르기 때문이다. 그럼에도 억지로 화를 눌렀던 것은 현수가 곧 당도할 것이기 때문이다.

여기까지가 조금 전의 대화였다. 빠르게 이야기한 실라디아는 노기등등한 표정으로 분화구 아래를 쨰려본다.

명만 떨어지면 단숨에 소멸시킬 기세이다.

"그래서 싸가지 없다는 거예요. 마스터가 오시는 거 아니었으면 여길 완전히 얼려버리려고 했어요."

실라디아는 샐리스트의 버르장머리 없는 태도에 심히 짜증이 났다. 하여 당장이라도 북풍한설을 불게 하여 분화구의 모든 열기를 식혀버리려 하였다.

최상급이 되기 전엔 어림도 없었을 능력이다.

그렇게 하였다면 불의 정령 샐리스트는 꽁꽁 얼어붙은 암석을 녹이기 위해 본신의 정령력을 소모해야 한다.

만일 찬바람을 계속 불어 냉동상태를 계속 유지시킨다면 샐리스트는 소멸된다. 그것도 지독한 고통을 겪으면서!

둘의 정령력 차이가 너무나 크기에 도저히 극복할 수 없는 결과가 만들어지는 것이다.

이게 중급과 최상급이 차이이다. 그렇기에 두 단계 이상 차이가 나면 공손해야 했던 것이다.

"마스터가 혼내주세요."

"… 알았어."

듣고 보니 살짝 부아가 돋는다.

최상급 보다 상위인 정령왕은 물론이고 그보다 더 위인 정령신들까지 극고의 예를 갖추던 존재가 현수이다.

그런데 이제 겨우 중급짜리가 말을 들어 먹지 않았다. 본때를 보여주지 않으면 어떻게 반항할지 모른다.

인간으로 치면 딱 중학교 2학년 정도 되는 모양이다.

참고로, 인간은 '아이와 중2, 그리고 어른'으로 구분된다. 이중 가장 예측 불가능한 존재가 바로 중2이다.

말을 안 듣거나 반항하면 때려서라도 제대로 교정해줘야 한다. 안 그러면 언제 개차반으로 바뀔지 모른다.

아무튼 현수는 분화구를 바라보며 입술을 달싹였다.

Chapter 03
—
싸가지 없는 놈

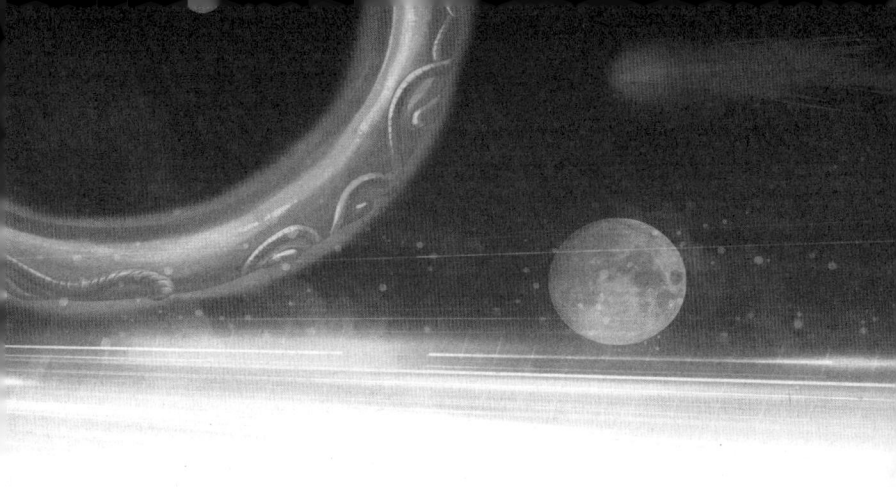

"퀵 프리징(Quick freezing)!"

스리리리리리링—!

당장이라도 폭발할 듯 펄펄 끓는 용암이 들썩이던 분화구가 꽁꽁 얼어붙기 시작한다. 분화구 정상으로부터 아래로 순식간에 얼어붙는 모습은 일대 장관이다.

쩌쩍! 쩌억! 쩌어억! 쩌쩍—!

급격한 온도 변화 때문에 암석들이 비명이라도 지르는 듯 요란한 소리를 내며 꽝꽝 얼어붙더니 이내 쪼개진다.

너무 빨랐기에 겉은 수축할 사이도 없이 얼어붙었지만 속은 그러지 못해 축소되면서 갈라지는 것이다.

너무나 강력한 냉기 때문이다. 그래서 모든 용암이 금방 시커먼 색으로 변하는가 싶더니 이내 허옇게 변한다.

대기 중 수분이 순식간에 서리처럼 결빙된 것이다.

참고로, 현무암질 용암류의 온도는 1,000~1,200℃이고, 규장질 용암은 800~900℃ 정도이다.

이토록 뜨겁던 것이 불과 몇 초 만에 0℃ 이하로 낮아졌고, 점점 더 낮아져 -100℃를 돌파하고 있다.

계속해서 마나가 공급되면 절대온도인 -273℃ 이하로 떨어질 기세이다.

중학교 과학 시간에 배운 '샤를의 법칙(Charles's law)'은 기체의 온도와 부피의 상관관계를 제시한 것이다.

그 내용은 다음과 같다.

압력이 일정할 때, 기체의 온도가 1℃ 올라가면 0℃일 때 부피의 273분의 1만큼 부피가 증가하고, 반대로 1℃ 하강하면, 0℃일 때 부피의 273분의 1씩 수축한다.

따라서 +273℃가 되면 0℃일 때의 2배가 되고, -273℃가 되면 그 부피가 0이 된다.

부피가 없다는 것은 기체의 분자활동이 멈춰 에너지가 전혀 없는 '절대온도 0℃(absolute zero)' 상태를 말한다.

하여 이 온도를 절대온도라 칭하는 것이다.

물론 정령은 결코 기체가 아니다. 그렇다 하여 외부 환경으로부터 100% 무관하다고는 할 수 없다.

수분이 전혀 없는 곳에는 물의 정령이 존재할 수 없고, 공기가 없는 곳엔 바람의 정령이 존재 불가능하다.

흙이나 암석이 전혀 없는 허공엔 땅의 정령이 있을 수 없으며, 냉기만 가득한 곳엔 불의 정령이 있을 수 없다.

"으악! 뭐, 뭐야? 으아아악!"

분화구 아래에서 비명 소리가 터져 나온다. 이는 현수와 정령들만 들을 수 있는 것이다.

"으악! 이, 이거 갑자기 왜 이래? 으아아악! 아, 안 돼!"

샐리스트의 경악성을 들은 실라디아는 살짝 혀를 내밀어 메롱을 하고는 쌤통이라는 표정을 짓는다.

"바보! 그러니 순순히 말을 들었어야지."

"어, 어떤 놈이야? 누구야? 아아아악ㅡ! 크흑!"

차갑게 얼어버린 암석 한 귀퉁이가 녹는가 싶더니 샐리스트가 툭 튀어나온다.

본신의 정령력을 많이 소모해서 그런지 크기가 작다.

기껏해야 몽당연필(7㎝) 정도인데 그나마 온도가 낮은지 갈색이다.

참고로, 불꽃의 색깔은 온도에 따라 다르다.

갈색\ 빨강\ 주황\ 노랑\ 흰색\ 청색\ 진청색

갈색은 420℃ 이하, 진청색은 19,720℃ 이상이다.

싸가지 없는 놈 57

아무튼 온통 하얗게 얼어붙은 가운데 작지만 다른 색깔이 튀어나오자 한눈에 확 뜨인다.

이에 실라디아는 콧방귀를 뀐다.

"야! 이, 싸가지 없는 놈아!"

"……? 니가 이런 거… 아니, 누님이 이랬어요?"

방금 진화한 최상급이라곤 하지만 이 정도 능력이 있는 줄은 몰랐던 모양인지 얼른 존댓말로 바꾼다.

"죄송해요. 안 그럴게요."

샐리스트는 불쌍한 표정을 지으며 고개를 조아린다. 조만간 소멸할 기세이니 어찌 안 그러겠는가!

"좋은 말로 할 때 퍼뜩 기어 올라와."

"네? 아, 네에."

샐리스트는 군소리 없이 기어오른다.

거의 정상에 다다라 뭐라고 말을 하려 할 때 실라디아의 뒤쪽에서 어마어마한 존재감이 느껴지자 바르르 떨더니 이내 바싹 엎드려 고개를 조아린다.

"조, 조물주께서 오, 오신 걸 미, 미처 몰라 죄를 범했습니다. 부디 이 미, 미천한 정령을 용서해 주시길 바랍…"

샐리스트의 음성은 몹시 떨리고 있었다.

자신뿐만 아니라 정령계 자체를 소멸시킬 수 있는 위대한 존재를 조우했으니 어찌 안 그러겠는가!

"내가 그랬지 조물주에 준하는 마스터의 명령이라고!"

"네에? 그, 그럼 이분이 누님의 마스터시라고요?"

고개를 든 샐리스트는 몹시 놀란 표정이지만 감히 현수를 바라보진 못했다.

어마어마한 불경(不敬)이며, 신성모독이기 때문이다.

자그마한 죄를 지어도 용서하지 않겠다고 하면 세상을 끝장낼 수 있는 존재이다. 보라고 해도 아마 겁나서 못 보았을 것이다. 조선시대 때 백성들이 임금 얼굴을 제대로 못 본 것은 이에 비하면 애교에 불과하다.

"그래! 그러니 찍소리 말고 시키는 대로 따라."

"네? 아, 네에. 그러믄입쇼. 뭐든 말씀만 하시면…."

보아하니 되게 수다스럽다.

"조용! 일단 너는 격이 너무 낮다. 진화부터 하자."

"네…?"

샐리스트가 이게 웬 소린가 할 때 그의 곁에 마법진이 그려진다. 마나집적진이 중첩되어 몹시 아름다운 문양이다.

하나가 아닌 둘이 그려졌는데 허공에서 마나석 두 개가 튀어나와 각각에 박히자 주변의 마나가 급격히 빨려든다.

초고효율 급속 마나집적진이니 당연한 일이다.

땅의 중급 정령 노임과 불의 중급 정령 샐리스트는 이게 뭔가 싶은 표정이었는데 대번에 눈이 커진다.

마나집적진으로 빨려 들어간 엄청난 마나가 전부 정령력으로 치환되고 있었던 것이다. 정령들을 위해 현수가 창안한 마나치환마법진이니 당연한 현상이다.

"뭐 해? 너희 둘 다 빨리 저 안으로 들어가. 마스터께서 베푸시는 은총이니 감사한 마음으로!"

실라디아의 한마디에 노임과 샐리스트는 뒤도 돌아보지 않고 마법진 안으로 뛰어든다.

"네? 아, 네에."

"가, 감사합니다."

마리아나 해구 아래에서, 또는 클루드 화산의 분화구에서 최소 10만 년은 버텨야 얻을 수 있는 순수한 정령력이 느껴지자 한마디로 눈이 돌아간 것이다.

둘 다 상급에 이르기 직전이었는지라 이내 환한 빛에 감싸인다. 곧바로 진화된 것이다.

"거기서 더 버텨!"

반경 20km쯤의 마나가 모두 빨려들어 차츰 그 농도가 낮아질 때 엘리디아가 한마디 했다.

그 순간 현수의 휴먼하트와 켈라모라니의 비늘에서 조금 전과 비교되지 않을 만큼 진한 마나가 뿜어져 나간다.

<u>고오오오오오오―!</u>

노임에서 노에스로 진화한 땅의 상급 정령과 샐리스트에서 이그니스로 진화한 불의 상급 정령은 눈을 감은 채 마나와 정령력 폭풍우를 마음껏 흡향하고 있었다.

무협소설로 치면 천고의 기연을 만나 임독양맥과 기경팔맥이 모두 타통 되었고, 전신세맥 또한 탄탄대로로 변화하는 동안 탈태환골하고 있음을 느끼고 있었던 것이다.

지구에 단 한 번도 이루어지지 않았던 정령의 두 단계 진화가 한꺼번에 이루어지고 있건만 이를 아는 사람은 없다.

정령들 모두 눈에 뜨이는 존재가 아니기 때문이다.

그렇게 대략 1시간가량이 흐르자 현수로부터 뿜어지던 마나의 농도가 완연히 옅어진다. 그러다 딱 멈추는 순간 노에스와 이그니스의 몸에서 또 한 번 환한 빛이 났다.

이그니스는 이그드리아가 되었고, 노에스는 노에디아로 또 한 번의 진화가 이루어지는 순간이다.

"이 은혜를 어찌 갚아야 할지…. 감사하고 또 감사하옵니다. 영원한 충성으로 보답하겠나이다."

"저도 소멸되는 그날까지 충성할 것을 맹세드립니다."

이그드리아와 노에디아는 현수 앞에 납작 엎드린 채 고개를 조아린다.

"너희 둘도 앞으로는 이분을 마스터라 불러."

"네!"

"알겠습니다."

실리디아의 말에 둘은 지체 없이 고개를 끄덕인다.

"너희는 마스터와 계약을 한 게 아냐. 그럼에도 충성을 맹세하는 건 자발적으로 복종하겠다는 거지?"

"네, 그럼요!"

"무, 물론입니다. 영원한 충성을 맹세드려요."

둘의 고개가 동시에 크게 끄덕여진다.

이로써 최상급 4대 정령을 모두 휘하에 거느리게 되었다.

"도로시, 현신해!"

"넵!"

말 떨어지기 무섭게 휘황찬란한 빛 무리가 생성되는가 싶더니 170㎝ 정도 되는 절세미녀가 드러난다.

누가 봐도 아주 늘씬한 정령이다.

이그드리아와 노에디아는 살짝 놀란 표정이다. 물, 불, 바람, 땅 이외의 정령은 본 적이 없는 때문이다.

넷은 무척이나 오래된 존재이다. 따라서 도로시가 디지털로 이루어진 존재라는 건 설명해도 못 알아들을 것이다.

"소개할게. 도로시는 나의 최측근 비서야."

실라디아와 엘리디아, 그리고 이그드리아와 노에디아는 살짝 경계의 눈빛으로 바라본다.

지금까지의 지구엔 최상급 정령이란 존재가 없었다. 그런데 현수의 은총 덕분에 자신들이 그런 화후에 올랐다.

각각 세상의 모든 정령들에게 명령을 내릴 수 있는 위치가 된 것이다.

하여 실프가 실라디아를 여왕이라 칭한 것이다.

아직 정령왕이 된 것은 아니지만 위로 아무도 없으니 그렇게 부르라 명령한 결과이다.

어쨌거나 먼저 최상급으로 진화한 실라디아와 엘리디아는 세상이 동전만 하게 보이던 참이다.

그런데 자신들보다 상전인 것처럼 느껴지는 존재를 접하게 되었다. 정령력은 하나도 느껴지지 않는다.

화후가 너무 높아 모든 기운을 갈무리할 수 있는 정령왕 이상이라는 뜻이다. 어쩌면 정령신일지도 모른다.

현수는 조물주에 버금갈 위대한 존재이다. 그런 인물이 최측근이라 말하였기 때문이다.

"얘 이름은 도로시야! 가끔 너희의 협조가 필요한 때 무엇을 요구하든 최우선적으로 들어줬으면 해."

"뭐, 뭐든지요?"

"그래! 도로시의 말이 곧 내 명령이야. 알았지?"

"무, 물론입니다."

"무엇이든 시키는 대로 따르겠사옵니다."

"…근데 혹시… 도로시 님은…?"

4대 정령 모두 오랜 세월 동안 존재했다.

그렇기에 도로시가 인간이 아니라는 걸 대번에 알았다. 그렇다 하여 정령도 아닌 것 같기에 물은 말이다.

현수가 어찌 이런 상황을 모르겠는가!

하여 무협소설에 등장하는 격체전공과 유사한 방법으로 체내의 마나를 도로시에게 덧씌웠다.

쏴아아아아―!

아주 작은 소리와 더불어 도로시의 신형 전체에서 환한 빛이 뿜어진다. 마나가 아니라 정령력에 의한 빛이다.

"헉! 조, 존안을 뵙사옵니다."

가장 먼저 엘리디아가 고개를 조아렸다. 이어서 실라디아 역시 엎드린다.

방금 최상급으로 진화한 이그드리아와 노에디아는 잠시 어리둥절한 표정을 짓다가 얼른 고개를 처박는다.

"정령신을 뵙습니다."

* * *

무협소설에 흔히 등장하는 말로 천외천이라는 것이 있다. 최상급 정령에겐 정령왕이 하늘이다. 그리고 그보다 높은 존재가 바로 정령신이다.

지구엔 정령왕도 정령신도 존재한 적이 없다. 그럼에도 정령들은 자신들이 진화한 뒤의 모습을 상상했다.

이것이 소위 행복한 상상이라는 것이다.

여러 의견이 대두되었지만 그중 가장 많은 지지를 얻은 것은 정령왕이 되면 체구가 커지면서 위엄이 뿜어지고, 정령신의 반열에 오르면 전신에서 빛이 뿜어질 거라는 상상이다.

방금 전, 도로시의 모습이 그러했다. 그렇기에 정령신이라 여긴 것이다.

"폐하의 명에 따라 너희들을 지휘하게 되었다. 앞으로 잘 따라줄 것으로 믿어 의심치 않는다. 안 그런가?"

"네에, 그럼요!"

"물론입니다. 뭐든 명령만 내려주십쇼."

"너무나 당연한 말씀이세요."

"충심으로 따르겠사옵니다."

정령들은 거짓말을 하지 못한다. 그러니 도로시의 말은 잘 따를 것이다.

"이제 자리를 옮길 것이니 마스터에게 바싹 붙도록!"

"네!"

4대 정령이 다가서자 현수의 입술이 달싹인다.

"메스 텔레포트!"

샤르르르르릉—!

잠시 후 일행이 나타난 곳은 온통 진흙탕이 되어버린 서안시 대안탑(大雁塔) 인근이다.

이 탑은 서유기의 삼장법사와 관련이 있는 유적이다.

주변에 적지 않은 가옥들이 있고, 약간 떨어진 곳엔 적지 않은 아파트 단지들이 있던 곳이다.

현재는 아무것도 없고 누런 황토만 보인다. 건축물 모두 깊은 수렁 속으로 가라앉은 것이다.

서안시의 배수시설로 도저히 감당할 수 없을 만큼 엄청난 폭우가 계속되자 도시 전체가 물바다가 되었다.

그리고 이 물이 빠져나갈 곳이 없게 되자 지반 액상화가 급속도로 진행되었다.

하여 도시 전체가 거대한 늪지 내지 수렁으로 변화하였다. 그 결과는 모든 건축물들의 급속한 침하이다.

10층이었던 대안탑도 다르지 않다.

높이가 64m나 되었지만 현재는 꼭대기 피뢰침의 끄트머리 부분만 드러나 있을 뿐이다.

"여긴 옛날에 장안(長安)이라 불렸던 곳이야."

"아! 장안이요."

누군가 아는 척을 한다.

"현재는 보다시피 흙탕물만 남았지."

"네에."

"여기뿐 아니라 지나의 장강이북 지역 전체가 이래."

"네에? 전체가요?"

얼마나 넓은지 아는 듯한 표정이다.

"그래! 엘리디아와 실라디아의 합작품이야."

"왜, 왜요?"

"왜긴? 환경을 너무 오염시키잖아. 미세먼지나 왕창 뿜어내고. 자기 잇속만 챙기려는 것들이라 다 쫓아낸 거야."

"아, 네에. 저는 왜 그러셨는지 알겠어요."

노에디아의 말이었다.

"어? 알아? 어떻게…?"

"우연히 만났던 하급 정령으로부터 들은 말이 있거든요."
"그래? 뭐라고 했는데?"
"여기 사는 것들은 잘 씻지 않아서 더럽고, 냄새가 나는데 지저분하기 이를 데 없고, 자기밖에 모르는 개만도 못한 것들이라 다 뒈졌으면 좋겠다고 했거든요."

땅의 최상급 정령 노에디아에게 말을 전한 하급 정령은 북망산(北邙山) 아래에 터를 잡고 있었다.

이 산은 하남성 낙양의 북쪽에 있는데 한(漢)나라 이후의 역대 제왕과 공경(公卿)들의 무덤이 많다.

참고로, 낙양은 기원전 770년에 주(周)나라 수도가 된 이래 동주, 동한, 조위, 서진, 북위, 수, 당, 후량, 후당 이렇게 아홉 왕조의 도읍이었다.

북망산은 풍수지리상 명당이었다. 하여 왕후장상(王侯將相)들의 무덤이 즐비했던 것이다.

그래서 사람이 죽어서 가는 곳의 대명사처럼 되었다. '북망산천(北邙山川)'이라는 말이 이래서 생겼다.

아무튼 땅의 하급 정령은 이곳 지하에서 마나를 정령력으로 치환하며 한 세월을 보내고 있었다.

그러던 어느 날 인간들이 달려들어 무덤들을 파헤쳐 관짝을 드러냈다. 그러곤 농토로 개간하는가 싶더니 이내 집을 짓고 축사와 공장들을 세웠다.

곧이어 각종 쓰레기가 매립되었고, 축산폐기물을 아무런 조치 없이 마구잡이로 배출되기 시작했다.

비교적 청정했던 땅이 오염되는 것은 순식간이었다.

각종 산업폐기물과 생활쓰레기들이 무분별하게 매립되고, 축산폐수가 마구잡이로 배출되자 지하수는 금방 오염되었다.

하급 정령은 머물던 곳까지 악취 풍기는 침출수가 스며들자 참다못해 안식처를 버리고 튀어나왔다.

그러곤 짱꼴라들에게 이를 갈았다.

안식처를 없앴으니 다 없애고 싶었다. 하지만 괜히 하급이겠는가! 그런 조화를 부릴 만한 능력이 없었다.

하여 다른 적당한 곳을 찾으러 다녔는데 괜찮다 싶은 곳은 다 임자가 있어서 마리아나 해구 밑까지 갔던 것이다.

"……!"

현수는 아무런 대꾸도 하지 않았다. 땅의 하급 정령이 했다는 말은 조상들이 하던 것과 다르지 않기 때문이다.

고려가 요(遼)를 격파하자 송나라 황제 휘종(徽宗)은 그 허실을 살피려 서긍을 사신으로 파견하였다.

서기 1123년의 일이다.

서긍은 한 달 남짓 고려의 수도 개성에 머물렀고, 그때의 견문을 바탕으로 책을 지었다. 일종의 보고서이다.

먼저 글로 설명하고 그림을 덧붙이는 형식이었기에 이를 고려도경(高麗圖經)이라 칭하였다. 총 40권짜리인데 그중 제23권에는 아래와 같은 내용이 있다.

옛 사서에 고려를 이르기를 '그 풍속이 다 깨끗하다.' 하더니 과연 지금도 그러합니다.
그들은 매양 아국 신민의 때가 많은 것을 비웃습니다.
고려인들은 아침에 일어나 목욕을 하고야 문을 나서는데, 여름에는 날마다 두 번씩 목욕합니다.

고려 시절 조상님들도 지나인들은 때가 많아 더럽다 했음이 사서에 기록되어 있는 것이다.
지나인과 일본인, 그리고 조선인을 돼지우리에 넣으면 가장 먼저 일본인이 튀어나온다.
참을성 없고 조급한 성격을 빗대는 말이다. 다음으로 조선인이 나온다 함은 인내력이 대단함을 뜻한다.
그 다음으로 튀어나오는 것은 돼지이다. 지나인이 얼마나 더러우면 돼지가 먼저 튀어나오겠는가!
이런 더러움은 수천 년간 대를 이어 오면서 아예 지나인들의 DNA에 새겨져 있는 모양이다.
2017년인 현재에도 지나인들은 시끄럽고, 냄새나며, 더럽다. 본인들만 느끼지 못하기에 적응하고 살 뿐이다.
여기에 추가되는 건 이기적이라는 것과 타인에 대한 관심이나 배려가 없다는 것이다.

추가로 그들에겐 돈이 세상 제일의 가치라는 것이다.

"잘하셨어요. 그런 것들은 싹 쓸어내야 합니다."

노에디아가 짐짓 흥분한 듯 말을 쏟아낸다. 하급 정령이 겪었던 그 악취에 감정이입 되었던 모양이다.

"그래! 그래서 싹 쓸어낸 거야. 보이지?"

현수가 몸을 돌리며 사방을 손짓한다. 누런 황토로 이루어진 진흙탕의 수평선이 보인다.

"네, 아무것도 없네요."

"이곳을 시작으로 장강이북 지역의 모든 인류문명을 지각(地殼) 아래로 보내."

"네? 무슨 말씀이신지요?"

"인간의 모든 흔적을 지각 아래 맨틀에 처박으라고."

"저, 전부요?"

어마어마한 숫자가 수천 년 이상 살던 땅이다. 그 흔적이 얼마나 많겠는가! 하여 다들 입을 딱 벌리고 있다.

하지만 현수의 표정은 단호하다.

"응! 전부. 건물이든 뭐든 몽땅 다 맨틀 아래로 끌어내려."

참고로, 대륙 지각 밑 부분은 800℃에 달하고, 상부 맨틀은 1,500℃ 내외이다.

이처럼 높은 온도에도 불구하고 지각과 맨틀이 고체 상태인 것은, 아주 센 압력이 작용하고 있기 때문이다.

맨틀에서의 압력은 9,000~1,400,000기압이다.

따라서 뭐를 집어넣든 압력 때문에 우그러들거나 바스라진다. 그리고 고열에 녹아내리게 될 것이다.

"전부 다 그러려면 시간이…."

"알아! 내가 그걸 모르겠어?"

"아! 네에."

"엄청나게 많은 거 알지만 최대한 빨리 작업해. 단, 지표면으로부터 1미터 이내인 것들은 그냥 놔둬."

이곳은 현재 겨울이다. 하여 표면엔 살얼음이 얼어 있고, 비중이 작은 것들이 무수히 떠 있다.

빈 페트병이나 플라스틱 용기, 스티로폼 등이다. 하늘에서 내려다보면 엄청나게 많은 쓰레기가 보인다.

이밖에 많은 시체들도 널려 있다. 가라앉았다가 부패하여 다시 떠오른 것들이다. 적어도 2,000만 구 이상이다.

아직 겨울이라 부패가 진행되지 않고 있는데 날 풀리면 보나마나 엄청난 악취를 뿜을 것이다.

그럼에도 싹 다 치우라 하지 않는 것은 이유가 있다.

장강이북 지역은 어마어마한 폭우에 이은 홍수로 모든 것이 말살된 땅이다. 그 결과는 누런 진흙탕이다.

겉보기엔 얕은 물처럼 보이지만 발을 디디면 곧바로 빠져들게 되는 아주 아주 깊은 수렁이다.

대안탑이 피뢰침만 남기고 가라앉을 정도이다.

대참사가 벌어지고 난 후 인근 국가뿐만 아니라 미국, 영국,

프랑스, 독일, 러시아 등 힘 좀 쓰는 국가들 모두 이곳을 눈여겨보았다.

무주공산이 되었으니 먼저 차지하는 놈이 임자인 상황이라 그렇다. 국제법이라는 것이 있기는 하지만 힘 있는 놈들이 언제 그걸 준수했던가!

차지할 수만 있으면 너른 영토와 그 지하에 매장된 각종 지하자원까지 생긴다. 하여 군침을 삼키고 있었다.

그런데 탐사 결과가 마음에 들지 않았다. 깊이를 알 수 없는 수렁과 널려 있는 쓰레기 때문이다.

이곳은 개발을 하려면 분명히 문제가 발생될 땅이다.

예를 들어, 지하철을 만들려고 하면 분명 난관에 봉착할 것이 뻔한 일이다. 수많은 건축물들이 잠겨 있는데 어디에, 무엇이, 얼마만큼 있는지 전혀 알 수 없다.

건물을 지으려고 터파기를 해보니 30층짜리 건물 잔해가 있으면 어쩌겠는가! 이를 일일이 파쇄한 후 지반을 다져야 한다. 안 그러면 부동침하 등의 문제가 발생될 수 있다.

이런 문제점 때문에 군침을 삼키기는 하지만 달려드는 국가가 없는 상태이다. 그런데 싹 다 치우고 지반까지 안정화되면 어떻게 되겠는가!

총칼을 들고서라도 점령하려고 할 것이다. 그렇기에 지상의 쓰레기와 시체들은 치우지 말라고 한 것이다.

현수가 공식적으로 영토 선포를 하면 러시아에서 가장 먼저 이를 승인할 예정이다.

예전과 달리 국제사회에 입김이 세진 못하지만 러시아는 어느 나라도 함부로 대할 수 없는 국가이다.

비유하자면 만사가 귀찮은 사자이다. 그렇다 하여 함부로 했다가는 온 힘을 다해 달려드는 꼴을 봐야 한다.

명색이 백수의 왕이니 웬만하면 안 건드리는 것이 좋다.

작심하고 달려들면 자칫 명줄이 끊기거나 심각한 부상을 당할 수 있는 때문이다.

게다가 이실리프 왕국이 영토 선포를 하는 순간까지도 장강이북 지역 대부분은 흙탕물인 상태일 것이다.

이쯤 되면 계륵(鷄肋)에도 못 미친다. 그러니 적당히 오케이 하고 넘어갈 것이다.

이때가 되면 우크라이나와 벨라루스, 콩고민주공화국, 그리고 한국도 찬성하고 나선다.

상당한 시일이 지난 후일 것이니 이들 국가는 신흥공업국 지위를 얻을 즈음이다. 그리고 이들은 다른 국가에는 없는 특산품을 생산하거나 서비스한다.

Chapter 04

반대하면 벌어질 일

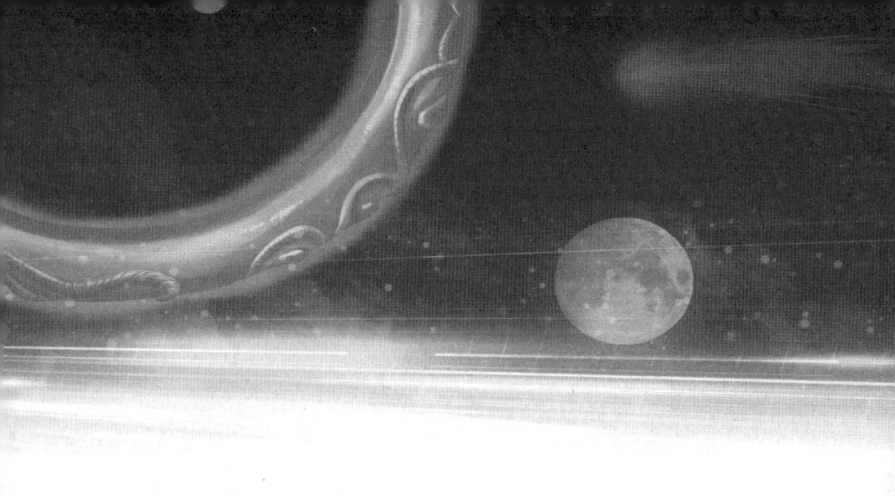

콩고민주공화국은 암치료 전문 국가가 된다.

현수가 조차한 땅 바로 바깥에 지어질 초대형 병동은 말기 암조차 한 달 안에 완치시키는 기적의 병원이다.

이밖에 스위티 클로버 껌과 바이롯을 독점 생산한다.

우크라이나는 대머리 치료제 안티 발드를 생산하는 국가가 되고, 벨라루스는 스위티 클로버 술과 차, 그리고 화장품을 생산하는 기지가 된다.

러시아는 항온의류와 스위티 클로버를 활용한 각종 의약품 생산국이다. 모두가 독점 생산이다.

이들 국가와 척을 지게 되면 남들 다 누리는 혜택과 영영

이별이다.

한 예를 들자면, 콩고민주공화국에 밉보이면 바이롯이라는 천연 발기부전치료제를 구경할 수 없다.

그러니 웬만하면 이들 국가들과 얼굴 붉히는 일은 하지 않으려 할 것이다.

결정적인 것은 당연히 Y—그룹이다.

반대한 국가는 각종 신약을 구입할 수 없다.

도로시가 가진 데이터베이스엔 당뇨, 고혈압, 고지혈증뿐만 아니라 각종 난치병과 불치병 치료제 레시피가 있다.

인간이 걸릴 수 있는 질병의 99% 이상을 완치시킬 수 있는 의약품이다.

가축과 애완동물을 위한 의약품도 있다.

돈(豚) 콜레라, 구제역, 조류독감 등에 걸리지 않고, 설사 걸린다 하더라도 부작용 없이 치료된다.

길고양이들의 주요 폐사 원인 가운데 하나인 구내염이다.

무색·무취·무미인 치료제를 사료에 섞어주면 사흘 이내에 완치된다. 범백과 허피스, 고양이 백혈병과 심장사상충 치료제도 당연히 있다.

강아지들을 위한 파보장염과 공수병 치료제 등도 있다.

장강이북이 이실리프 왕국의 영토라는 걸 인정하지 않는 국가는 이런 약품들을 구경조차 하지 못하게 될 것이다.

이뿐만이 아니다. 이들 국가는 경제 파탄이라는 결과물을 얻게 될 것이다.

모든 국가자산은 외국인 소유가 되고, 엄청난 액수의 빚까지 지게 되는 상황으로 몰리게 된다.

경제권을 장악하면 다음 수순은 정계말살이다. 정치인의 비리와 협잡은 아주 좋은 안줏거리이다.

두고두고 씹히면 정신까지 너덜너덜해질 것이다.

그러는 동안에도 경제위기는 점점 더 심화되고, 외채 이자는 눈덩이처럼 불어난다.

그렇게 외부에 눈 돌릴 여지조차 주지 않으면서 국력을 쇠잔시키면 결국 이웃 국가에 먹히는 사태가 빚어진다.

한국이 일본의 식민지가 되었던 것은 총칼에 의한 것이었지만 이런 흡수는 경제의 종속 때문이다.

도로시가 인정사정 봐주지 않고 주도면밀하게 처음부터 끝까지 밀어붙일 테니 회복은 거의 불가능하다.

흡수당한 국가의 국민 모두가 사회 밑바닥이 되어 살게 될 것이기 때문이다.

무력을 동원한 쿠데타는 꿈도 못 꾼다. 인간이 아무리 강하다 해도 전투로봇 하나를 감당하지 못하는 때문이다.

격투기 챔피언과 특수부대 최정예 대원 1만 명이 동시에 덤벼들어도 전원 다져진 고기가 되는 것으로 끝이다.

현 시점은 물론이고 미래에도 전투로봇과의 대결에서 승리를 장담할 수 있는 존재는 현수가 유일이다.

이렇게 하여 영토를 확보했는데 나중에라도 감히 이 땅을 노리는 국가가 있다면 국가멸망을 경험하게 될 것이다.

아무튼 이런 이유가 있어 치우지 말라는 것이다.

"네! 알겠어요."

실라디아가 먼저 고개를 숙이자 다들 같은 모습이다.

"작업하는 동안 광물들이 발견되면 될 수 있으면 한 곳으로 몰아놓도록 해."

"광물이라 하심은…?"

"그건 종류가 많으니까 도로시가 따로 가르쳐 줘."

"네! 그럴게요."

금, 은, 구리, 철, 알미늄 등 일반적인 금속뿐만 아니라 각종 보석과 희토류 등을 구분하여 가르치려면 애먹을 것이다.

인간 기준에는 중요한 광물질이지만 땅의 정령에겐 아무짝에도 쓸모없는 것이라 관심 밖인 물질일 수 있다.

다시 말해 전혀 구분하지 못할 확률이 높다.

밀가루에 설탕과 소금, 그리고 유리 가루 같은 걸 섞어놓고 닭이나 비둘기에게 구분하라고 하는 것과 같을 수도 있다. 그래도 어쩌겠는가!

지엄한 황명이 떨어졌으니 따르는 게 도리이다.

"이쪽의 물은 인근 사막을 녹화하는 데 쓸 거니까 증발은 최대한 억제시켜."

"에? 사막을 녹화시켜요?"

"응! 그럴 생각이야."

"고비사막 지하수는 민물이 아니라 짠물이라 섞이면…."

"내가 그걸 모르겠어?"

"그럼 어떻게…?"

보다 정확한 지시를 내려달라는 뜻이다.

"이쪽의 물을 사막 쪽으로 보내기 전에 엘리디아가 지하수의 염분을 거르고, 이그드리아가 정제하면 되잖아."

"그걸 저희가 어떻게…? 한 번도 안 해봤어요."

"응! 그 방법은 도로시가 아주 상세히 알려줄 거야. 그러니까 가르쳐주는 걸 잘 배워둬. 두고두고 쓸 거니까."

지구엔 고비사막뿐만 아니라 타클라마칸과 사하라 등 많은 사막들이 있다. 현재는 지표면의 약 10%인데 점점 더 넓어지는 중이다.

이곳들을 전부 녹지로 바꾸면 식량 문제가 대번에 해소될 뿐만 아니라 지구온난화도 저지된다.

사람이 살 만한 주거지 면적이 늘어나는 것이며, 대기정화 효과를 볼 수 있으니 일석사조 이상의 효과가 있다.

도로시가 관장하는 데이터베이스엔 화성 같은 외계행성을 테라포밍하고 개척하는 동안 축적된 모든 기술이 고스란히 저장되어 있다.

공기가 없거나, 폭염 또는 혹한인 곳, 그리고 아주 단단한 암석층으로 이루어진 곳들도 있었다. 땅을 파고 들면 가스층이 있어 잘못 건드리면 폭발하는 곳도 있었다.

처음엔 실패를 거듭했지만 데이터가 쌓인 후엔 요령이 생겨 그리 어렵지 않게 개척하게 되었다.

지구의 사막은 외계행성의 지표에 비하면 엄청 순한 편이다. 따라서 고비나 사하라, 그레이트 빅토리아 사막 등을 수풀 우거진 녹지로 바꾸는 일은 매우 쉬운 일에 해당된다.

"그래도 저희들만으론 시간이 얼마나 걸릴지…."

"먼저 실라디아가 지구를 돌면서 정령들을 불러들여."

"여기로요?"

"그래! 일을 하는 대신 진화할 기회를 주겠다고 해."

마나를 정령력으로 치환시키는 마법진이 있으면 어렵지 않은 일이다. 최하급에서 하급, 중급으로 진화하는 것은 깨달음도 필요하지만 결정적인 것은 정령력이다.

다시 말해 정령력만 충분하면 바로 진화된다.

일단은 물, 바람, 불, 땅 이렇게 4가지 속성으로 치환되는 마법진을 그려준다.

이를 알게 되면 그야말로 벌떼처럼 몰려들 것이다. 다들 진화에 목을 매달고 있기 때문이다.

어쨌거나 마법진을 누가 먼저 사용할지는 각 속성의 최상급들이 결정하면 된다. 선착순도 괜찮다.

"흐음! 그나저나 마법진을 그려놓을 땅이 없네. 노에디아! 이 근처에 뭍을 조금 조성해 봐."

"크기를 말씀해 주십시오."

"가로 세로 10미터 정도인 걸로 하고 4개가 필요해. 딱 붙이지는 말고 각각 30미터쯤 떨어지게 해서."

"넵!"

말 떨어지기 무섭게 노에디아의 신형이 흙탕물 속으로 스며든다. 잠시 후 현수의 지시대로 4곳에서 땅이 융기된다.

"엘리디아는 저 땅에서 수분을 빼고, 이그드리아는 표면을 굳혀."

"넵!"

"알겠사옵니다."

잠시 후 모든 준비가 갖춰졌다.

현수는 정령들의 시선을 받으며 각각의 땅을 돌아다녔다.

그러자 각각의 땅에 마나집적진과 정령력치환진들이 그려졌고, 이내 활성화되었다.

그러자 인간의 귀에는 들리지는 않지만 주변의 마나가 급속도로 모여드는 소리가 난다.

쏴아아아아아—!

고오오오오오—!

우으으으으으—!

쐐에에에에에—!

네 곳에서는 각기 다른 소리가 난다. 마나가 각기 다른 정령력으로 치환되기 때문이다.

그런데 이그드리아와 노에디아가 진화할 때 경험했던 것보다 속도가 느리고, 농도가 옅다.

과유불급(過猶不及)이라는 말이 있다. 너무 과하면 오히려 모자람만 못하다는 뜻이다.

치환되는 정령력이 너무 진하면 중급 이하의 정령들에겐 치명적일 수 있다. 진화는 하겠지만 자칫 미쳐버릴 수 있는 것이다. 하여 농도를 세밀히 조절해놓은 것이다.

최하급에서 하급으로, 하급에서 중급으로, 그리고 중급에서 상급으로 진화할 정도로 조절된 마법진들을 보는 현수의 눈에는 흐뭇함이 어려 있다.

직접 손으로 그리지 않고 의념만으로 그렸음에도 의도한대로 되었던 것이다.

마법의 조종(祖宗)이라 불리는 드래곤은 인간처럼 룬어를 영창하지 않고도 마법을 구현시킨다.

언령만으로 가능한 것이다.

현수는 그런 언령조차 필요 없다. 의도만 하면 그대로 이루어진다. 그럼에도 지금껏 마법을 구현시킬 때마다 입술을 달싹인 것은 오랜 습관 때문이다.

어쨌거나 이번엔 언령도 쓰지 않고 생각만으로 마법진을 그렸고, 활성화시켰다.

"우와아! 이건 뭐지? 맛있는 냄새가 나."

그리 멀지 않은 곳에서 쏘아져 오던 정령이 하는 말이다.

"우와아! 이, 이건 정령력이야. 와아! 만세, 만세!"

온통 진흙탕이라 그런지 가장 먼저 당도한 것은 물의 하급 정령이다.

이를 본 엘리디아로부터 근엄한 음성이 튀어나온다.

"멈춰~!"

"랄랄라! 신난다. 헉―!"

노다지를 발견한 광부처럼 신나게 달려오던 하급 정령이 급브레이크라도 밟은 듯 화들짝 놀라며 멈춘다.

"호, 혹시 무, 물의 정령왕이십니까?"

"아니! 최상급이다."

"하급이 감히 최상급님을 뵈옵니다."

"엘리디아라 칭하라."

"네에, 엘리디아 님!"

"이곳은 본신의 마스터이신 이분께서 조성한 곳이다."

"네? 엘리디아 님의 마스터요?"

"그래!"

"그, 그럼 정령신이신 건가요?"

흘깃 현수를 바라본 하급 정령은 바르르 떨며 고개를 처박는다. 현수가 슬쩍 신성력을 개방한 결과이다.

"이제부터 내 명을 따르면 중급으로 진화할 기회를 줄 것이다. 너의 의도는 어떠하느냐?"

"다, 당연히 따르겠사옵니다."

중급, 상급, 그리고 최상급 이렇게 세 단계 위의 존재와 그보다 더 높은 존재, 그리고 신이 보고 있다.

어찌 반항하거나 반감을 품겠는가! 헛된 마음을 품거나 객기를 부리는 즉시 소멸당할 수도 있다.

하여 완전히 압도된 상태로 한 대답이다. 사람으로 치면 영혼까지 굴복한 상태가 된 것이다.

"좋아! 너는 저기 저곳으로 들어가거라."

"네! 하늘과 같은 은혜에 감사드립니다."

대답을 마친 물의 하급 정령은 얼른 마법진 안으로 뛰어 들어갔다.

* * *

잠시 후 또 다른 정령들이 왔다.

거의 전부 물, 불, 바람, 땅의 최하급 또는 하급이었다.

중급은 딱 하나 있었는데 땅의 정령이다. 에베레스트 산맥 아래에 있다 본능에 따라 온 것이다.

이들 전부는 아주 진한 마나향을 느끼고 왔다.

각각은 4대 속성 최상급 정령을 보고 화들짝 놀랐으며, 이들이 떠받드는 현수를 보고 또 한 번 충격 받았다.

그들에겐 감히 상상도 못 했던 지엄한 존재였던 것이다.

예를 들자면, 유치원 원생들 앞에 영화에서만 보았던 슈퍼

맨과 제우스가 실제로 등장한 셈이다.

모든 정령들은 충성맹세를 했고, 주의사항을 들은 후엔 지정된 마법진 안으로 뛰어 들어갔다.

모두 신나고 행복한 표정이었다.

그리 길지 않은 시간이 흐르자 진화된 정령들이 하나둘 튀어나오더니 이내 오체투지 한다.

몇백 년 혹은 몇천 년이나 걸릴 일을 불과 몇 분만에 이루어지게 해줬으니 그 고마움을 아는 것이다. 하여 다들 벅차고 황송한 표정으로 엎드려 고개를 조아린 것이다.

최하급이었던 정령은 하급이 되었고, 하급은 중급, 중급은 상급으로 진화하였다.

숫자는 많지만 별 능력도 없는 오합지졸에 불과했었는데 이제 조금 쓸 만해진 것이다.

"나는 충성을 맹세한 너희들 모두에게 각각의 임무를 부여할 것이야."

"……!"

모두들 초롱초롱한 눈빛으로 바라본다.

"아! 그렇다고 아주 힘든 일은 아니야. 꾀를 부리거나 태만하지 않으면 충분히 할 수 있는 일일 거야."

"……!"

대꾸가 없는 것은 어서 말을 이으라는 뜻일 것이다.

"아무튼 부여된 일을 훌륭히 완수하면 한 번 더 진화하는

반대하면 벌어질 일 87

기쁨을 누릴 수 있을 것이야."

대번에 정령들의 눈이 커진다.

또 한 번 길고 긴 세월을 뛰어넘을 기회를 준다는데 어찌 반색하지 않을 수 있겠는가!

"각각의 임무는 여기 있는 엘리디아, 실라디아, 그리고 이그드리아와 노에디아가 내려줄 테니 잘 듣고 하라는 대로 하면 될 거야. 알았지?"

"네에!"

이구동성이 바로 이런 때 쓰는 말일 것이다.

국군 의장대가 예포를 쏠 때 인원이 얼마가 되었든 단 한 번의 총성이 울리는 것과 같다.

이때 본시 중급이었다가 상급으로 진화한 땅의 정령이 튀어나왔다.

"신께 무한한 충성을 다시 한 번 맹세드립니다."

마치 기사가 서임예절을 갖추듯 한 무릎을 꿇고, 왼 주먹을 가슴에 댄 채 고개를 숙인 모습이다.

"좋아! 이제부터 너의 이름은 노에스다."

"미천한 이놈의 이름 지어주심을 무한히 감사드립니다."

노에스는 황송해 미치겠다는 표정으로 부르르 떤다. 너무도 고마운 마음에 전율이 온몸을 훑고 지난 것이다.

정령과의 관계는 계약에 의해서 이루어진다. 그런데 현재의 모든 정령들은 계약과 무관하다.

그럼에도 이런 자세를 보이는 이유는 현수를 신이라 인식하는 때문이다. 무조건 상명하복인 상태가 된 것이다.

현재 지구엔 최상급 정령이 각 속성당 하나씩이다.

방금 상급으로 진화한 노에스를 최상급으로 끌어올리게 되면 우두머리가 둘이 된다. 이러면 위계질서에 문제가 발생할 수 있기에 당분간은 상급에 머무르게 할 생각이다.

그렇다 하여 다른 속성은 중급이 지휘권을 갖는데 땅만 상급이 중간관리를 하는 것은 모양새가 빠진다.

"너에게 내릴 임무는 이곳을 관장하는 것이다."

"이곳 말씀이십니까?"

사방이 흙탕물인 가운데 네 곳만 불룩 솟아 있고, 있는 건 마법진 밖에 없다.

"그래. 여기 있으면서 새롭게 오는 정령들에게 적합한 자리를 지정해주도록 해."

"각 속성별로 안내만 하면 되는 거지요?"

"그리고 조금 시간이 지나면 임무를 완수한 것에 대한 상으로 진화하러 오는 정령들이 있을 거야."

"……!"

"그들에게 맞는 자리를 배치해주는 것이 네 임무야."

그리 어렵지 않은 일이다. 하여 고개를 끄덕이기는 하지만 다소 아쉬운 표정이다.

진화를 했으면 자신에게 어떤 능력이 생겼는지를 확인하는 시간이 필요하다. 그리고 어찌 상급에서 그치겠는가!

이제부터는 최상급을 향해 달려야 한다. 그런데 꼼짝없이 매여 있게 생겼기 때문이다.

"대신 이곳에서 수련하는 것을 허용하지."

"네?"

이미 진화를 한 곳에 다시 들어가 봐야 별 효과가 없기에 대체 무슨 뜻이냐는 표정이다.

"땅 속성뿐만 아니라 물, 불, 바람 속성에서도 수련할 기회를 제공한다고."

"하, 하해와 같은 은혜에 감사드립니다."

노에스는 고개를 처박았다. 다른 속성을 이용할 수 있다면 심심하지 않을 것이다. 그 과정에서 얻는 것도 있을 것이고, 특별한 결과가 야기될 수도 있다.

다만, 크게 해로울 일은 전혀 없다. 속성이 다르지만 모두 정령력 충만한 곳이기 때문이다.

정령계는 4대 속성뿐만 아니라 금속, 빛, 어둠의 속성의 정령력이 혼재되어 있다. 어떤 정령이든 다 편안하게 지낼 수 있는 이상향(理想鄕)이 바로 정령계이다.

이곳은 속성별 정령력을 구분 지어 놓은 곳이다. 다시 말해 정령계보다 훨씬 더 진한 속성 정령력으로 채워져 있다.

노에스는 무엇을 경험할지 자못 궁금하다는 표정으로 고개를 숙이고 있다.

잠시 후, 도로시는 4대 속성 최상급 정령들을 불러모았다. 그러곤 이마를 맞대고 아주 상세한 지시를 내린다.

장강이북 지역 전체에 관한 마스터플랜이 완벽하게 완성되도록 하기 위함이다.

이를 위해 메모라이즈 마법을 요청했다. 한번 들은 말을 잊지 않도록 하려는 것이다.

가장 먼저 내려진 것은 지하의 모든 인공물들을 지각 아래 맨틀로 끌어내리라는 것이다.

인간의 손이 닿은 모든 것이다. 이 대륙에서 한족(漢族)의 흔적을 완벽하게 말살하기 위함이다.

그러는 동시에 융기와 침강도 지시했다. 사막을 옥토로 바꾸기 위한 밑거름이다.

언덕이 생기고, 비가 오면 물이 고일 호수도 만들어진다. 이곳에서 발원한 물줄기들은 곳곳을 휘감고 돈다.

바다로 흘러들기 전까지 최대한 이용할 수 있도록 하려는 것이다. 거미줄처럼 얽힐 지하수맥은 덤이다.

이제 한반도 못지않게 물 맑고, 산 좋은 땅이 된다.

오염된 모든 것들은 태고의 모습으로 되돌아가고, 더 이상 매연을 뿜어내는 거지같은 곳이 되지 않는다.

북쪽의 사막을 어찌할 것인지도 계획이 잡혀 있다.

조만간 독립하게 될 신장위구르자치구와 서장자치구와의 경계에는 높은 산맥이 솟아오를 예정이다.

장강 북쪽에도 높은 언덕이 솟는다.

경계를 확실히 하기 위함이고 혹시 있을지 모를 홍수피해를 미연에 방지하기 위함이다.

모든 지하자원들은 한 곳에 모이게 된다. 필요에 따라 채취하기 쉬운 위치이고, 개발에 지장되지 않을 곳이다.

"다 했어?"

"네! 이제부턴 정령들이 알아서 할 거예요."

"좋아! 이제 돌아갈까?"

"네!"

"텔레포트!"

샤르르르르릉—!

현수의 신형이 사라지자 정령들 모두 고개를 끄덕인다. 인류 역사상 이런 능력을 보인 인간은 단 하나도 없었다.

그러니 아까의 짐작처럼 신인 것이 분명하다.

하여 고개를 끄덕이다가 화들짝 놀라기라도 한 듯 일제히 흠칫거린다. 혹시 불경의 죄를 범했나 싶었던 것이다.

잠시 후, 모든 정령이 현수가 있던 자리를 향해 무릎 꿇고 고개를 숙이고 있다. 마음속 깊은 곳으로부터 솟아나는 경외감[1] 의 발로였다.

*　　　　*　　　　*

---

[1] 경외감(敬畏感) : 공경하면서 두려워하는 감정

같은 시각, 한국에선 놀라운 일이 빚어지고 있다. 이른 새벽, 날이 밝지 않았던 때의 일이다.

사람들의 눈에는 보이지 않을 광학스텔스 상태 휴머노이드들이 한족(漢族)과 조선족들에게 수면가스를 분사했다.

한 호흡만으로도 족히 12시간은 깊은 수면을 취하게 되고 절대 깨어나지 않는 것이다.

곯아떨어진 이들은 곧바로 비행정에 태워진다. 이것 역시 광학스텔스 상태라 아무도 알지 못했다.

비행정이 가득차면 장강이남 적당한 곳으로 이동한다. 어디로 향할지는 도로시가 결정한다.

지나는 현재 겨울이지만 난방이 안 된다. 아울러 식량이 없어 거의 전 지역이 살육의 전장으로 변모한 상태이다.

비행정엔 합법이든 불법이든 국내 체류 한족과 그 유전자를 가진 자들 전부가 실리고 있다.

근로자, 유학생, 사업가, 외교관을 가리지 않는다.

조선족도 마찬가지이다. 한국인과 결혼하여 정식으로 국적을 취득했어도 예외는 없다.

본인들이 어려울 때는 동포 타령을 하다가도 '자신들은 자랑스런 지나인'이라고 떠벌일 정도로 세뇌된 것들은 더 이상 한반도에서 살 자격이 없는 때문이다.

원래는 100만 명이 넘었었는데 현재는 40만 명 정도만 남아 있다. 에이프릴 중후군이 확산되자 수단과 방법을 가리지 않고 빠져나가고 남은 숫자이다.

어떤 비행정에는 베트남인들만 실린다. 최종적으로 약 6만 명 정도가 올라타게 된다.

이들도 원래는 15만 명 정도가 있었는데 전염병 사태 초기에 썰물처럼 빠져나가고 남은 수이다.

이번 이동 대상엔 불법체류자도 많지만 한국인과 결혼한 베트남 여성들이 상당히 많다.

그간의 모든 통신을 감청하여 국적 취득을 위해 위장 결혼한 것으로 판명된 여성들이다.

한국인 남편과 이혼 후 베트남 남성과 재혼하여 둘 다 한국 국적을 취득했다면 예외 없이 비행정에 실린다.

이들은 베트남 앞 바다에서 표류하고 있는 낡은 선박 위에서 깨어나게 될 것이다. 지난 대홍수 때 지나의 항구에 정박하고 있다가 풀려난 배들이다.

이들의 공통점은 한국에 입국한 기록은 있으나 출국한 기록이 없다.

한국 국적을 취득했던 자들은 도로시에 의해 실종 처리된다. 그리고 일정기간이 지나면 사망으로 분류된다.

영구히 한국 입국이 불허되는 것이다.

이밖에 물의를 일으킨 외국인들 전부 이동 대상이다.

대한민국 경찰청이 발표한 '2016년 외국인 범죄 단속현황'

을 보면 살인 107, 강도 98, 강간추행 646, 폭력 10,098 등 총 11,645명이다.

검거된 자들만 이러하니 그러지 못한 자들은 또 얼마나 많겠는가! 남의 나라에 와서 이런 짓을 자행했다.

어찌 그냥 둘 수 있겠는가!

교도소에 수감되어 있는 것들까지 몽땅 비행정에 실어 장강이남의 살육 현장에 내려놓을 예정이다.

단 하나의 소지품도 가질 수 없도록 옷을 홀딱 벗긴 상태로 내려질 것이니 애로사항이 엄청 많을 것으로 예상된다.

현재의 지나는 극심한 식량난을 겪고 있다.

그래서 통통한 사람을 찾기 힘들다. 그런 자들은 이미 누군가의 식탁에 올랐기 때문이다.

그런데 아주 싱싱하고 먹음직한 고깃덩어리들이 나타나 우왕좌왕하고 있다.

'여긴 어디…?', '이게 어찌 된 일이지?' 이런 생각을 하며 두리번거리고 있으면 절대로 그냥 두지 않는다.

Chapter 05
—
책상 빼고 다 먹어

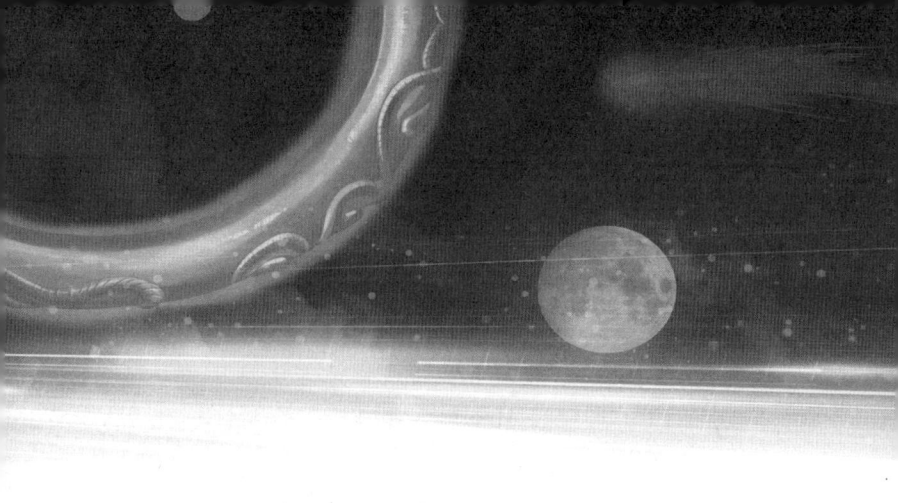

지나 남부지역 광동성은 지난 2003년 유행한 중증급성호흡기증후군인 사스(SARS)의 최초 진원지이다.

이곳 주민들은 '다리 달린 것은 책상 빼고 다 먹는다.' 는 것으로 매우 유명하다.

개, 뱀, 꿩은 물론이고 악어, 삵, 올빼미, 백조, 두꺼비, 천산갑, 원숭이, 거북이, 바퀴벌레, 상어, 박쥐, 전갈, 고양이, 굼벵이, 너구리, 오소리 등을 먹는다.

어쩌면 남몰래 책상도 먹을지 모를 만큼 무지막지하다.

인간도 다리 달린 짐승 범주에 든다.

따라서 발가벗은 채 돌아다니면 얼마 지나지 않아 죽임을 당한 뒤 누군가의 식량으로 전락할 확률이 대단히 높다.
그러게 살아 있는 동안 착히 살아야 한다.

순종 한국인이라 하더라도 일부는 특별히 준비된 비행정에 승선하게 된다.

포악한 일진, 양심 시커먼 것, 꽃뱀, 무고를 일삼는 것, 함부로 주둥아리를 놀려 타인에게 모멸감을 준 것들 포함이다.

대가리에 똥밖에 안 든 극우 꼴통 등 사회에 해가 된다고 판단된 것들도 대상이다.

이밖에 워베, 일마드, 대갈리아 골수회원과 사회의 암 덩이인 댓글부대 조직원 등도 있다.

아직 성인이 되지 않았더라도 용서받지 못할 짓을 하였거나 장차 그런 짓을 하게 될 거라면 당연히 포함이다.

남녀 구분 없고, 어떠한 배려도 하지 않는다.

갑작스레 자식이 실종되면 부모 마음이야 안쓰럽지만 올바르게 양육하지 못한 잘못이 있기에 배려하지 않는 것이다.

또 다른 그룹은 체육계 인사들이다.

심판으로 재직하면서 단 한 번이라도 편파 판정을 했거나, 선수들을 지도하는 과정에서 금품수수, 입시 비리, 폭행 또는 성추행을 했다면 모조리 끌려간다.

각종 단체 집행부도 대상에 포함되었다.

이권 개입, 뇌물 수수, 공금 횡령, 부당한 선수 선발, 파벌 조성 및 다툼 등에 관여된 자들은 남김없이 끌려간다.

이들은 모두 아프리카 정글 깊숙한 곳으로 보내진다.

콩고민주공화국 내륙의 어떤 늪지엔 3개의 섬이 있다. 주변에 굶주린 아나콘다와 악어가 우글거리는 곳이다.

현수는 이 섬에 이름을 붙인 바 있다.

샘물이 없는 것은 지옥도, 샘물의 양이 적어 물 한 모금 마시려면 10분은 기다려야 하는 것은 연옥도라 하였다.

세 번째는 식수는 충분하지만 모기떼가 극성인 곳으로 징벌도라 이름 붙였다.

이번에 잡혀가는 것들은 몽땅 징벌도에 떨궈진다.

이들도 옷을 모두 벗길 것이므로 도착하는 즉시 모기떼의 회식이 시작될 예정이다.

가만히 있으면 혈액 부족으로 사망할 수 있을 정도로 무자비하게 달려들어 피를 빨아댈 것이다.

가려움을 견디다 못해 섬 외곽으로 도주하면 아나콘다와 악어가 대기하고 있다가 아가리를 벌린다.

위험으로부터 제 몸을 지키기 위한 총이나 칼 같은 도구가 전혀 없는 곳이므로 탈출은 요원하다.

한때 지구 최강의 사나이라 불렸던 표도르 에밀리아넨코라 할지라도 이곳을 벗어날 확률은 제로에 가깝다.

그럼에도 정말 정말 운이 좋아서 아나콘다와 악어의 이목을 속이고 깊은 늪지를 간신히 통과할 수는 있을 것이다.

확률로 계산해 보면 대략 1억분의 1이지만 그래도 아주 없는 것은 아니다.

예를 들어 갑작스레 폭우가 쏟아지고 뇌전이 명멸하면 아나콘다와 악어들 모두 무력화된다. 그러고 나면 늪지를 건널 수 있을 것이다.

그런데 지난 5,000년 동안 징벌도 주변 늪지에 그런 번개가 쳤던 적은 한 번도 없다.

어쨌든 아주 없는 확률은 아니니 간신히 빠져나올 수 있다고 쳐도 그걸로 끝이 아니다.

늪지 주변은 깊이를 가늠하기 힘든 수렁으로 둘러싸여 있다. 발을 디디면 허리나 가슴까지 푹푹 빠져드는데 점도가 높아서 몇 미터 앞으로 전진하는 것도 모든 체력을 소진시켜야 가능한 곳이다.

어찌어찌 이마저 통과하더라도 위기가 사라진 것은 아니다. 굶주린 하이에나와 표범 등이 득실거리는 밀림이 기다리고 있다.

이곳엔 총알개미와 타란툴라 호크, 또는 흰줄숲모기 등 각종 독충들의 서식지가 혼재되어 있다.

발밑엔 독사들도 많다.

게다가 땅속에는 탄저균이 매복해 있고, 에볼라 바이러스의 숙주인 과일박쥐, 고릴라, 침팬지, 원숭이 등의 주요서식지가 넓게 분포되어 있다.

따라서 살아서 탈출할 확률은 아예 없다.

거의 전부 아나콘다와 악어의 먹이가 될 것이며, 죽기 직전까지 극심한 공포를 겪을 것이다.

누군가가 악어의 입에서 비명을 지르며 씹히는 모습은 영혼까지 공포에 얼어붙게 만들 것이다.

살아서 지옥을 경험하는 셈이다. 그리고 사망하면 영혼이 말살되므로 환생은 꿈도 못 꾸게 된다.

이러니 살아 있을 때 겸손하고 착한 삶을 살아야 하며, 배려하는 기특한 마음을 가져야 한다.

이전의 대한민국은 겉보기엔 건실한 국가이다.

발전 속도가 대단히 빠르고, 하루가 다르게 국력이 신장(伸長)했다. 하지만 속은 심하게 오염되었던 사회이다.

양화(良貨) 속에 섞여 있는 일부 악화(惡貨)들의 부패가 도를 넘어가고 있었던 것이다.

악취 풍기는 똥을 덮고 있는 흙이 없었다면 놀라지 않을 수 없었을 것이다. 참고로, 악화는 똥, 양화는 흙이다.

그런데 현행 법률은 이를 절대로 개선시키지 못한다.

사회지도층에 악화들이 즐비했고, 야합과 담합으로 권력과 법을 제 마음대로 주무르는 세상이기 때문이다.

특히 언론과 검경의 부패가 극심했다.

이대로 놔두면 반드시 패망, 아니, 망국의 길을 걷게 된다.

어찌 이를 두고만 보겠는가! 하여 대대적인 청소를 지시했던 것이다.

당장은 인구가 많이 줄겠지만 금방 회복된다.

의식주가 해결되고, 고용과 물가가 안정되면 출산율이 크게 상승하는 때문이다.

한국은 이미 이런 경험이 있다.

1950년에 발발한 6.25전쟁이 끝난 후 1955년부터 1963년 사이에 상당히 많은 아기들이 태어났다.

이 시기를 '베이비부머 세대'라 한다.

전쟁의 포연(砲煙)이 멎어 안전이 확보되고, 미래에 대한 희망이 생기자 출산율이 크게 상승했던 것이다.

현재의 한국은 의료 인프라가 탄탄한 국가이다. 의료 선진국이라 불러도 과언이 아닐 정도이다.

여기에 Y-메디슨에서 생산하게 될 각종 의약품까지 가세하면 질병으로 인한 사망률은 크게 감소한다.

갑작스런 사고에 의한 사망이 아니라면 거의 모두가 수명대로 살 수 있게 되는 것이다.

양화 속에 섞여 있던 암세포 같은 악화를 모두 걷어내면 이전보다 훨씬 건강한 사회가 된다.

이를 바라고 암세포들을 솎아내는 것이다.

현수는 한국인의 DNA에 새겨진 부동산 투기를 뿌리 뽑기 위해 극약처방을 내린 바 있다.

다시는 부동산으로 부를 축적하거나, 불로소득을 꾀할 수 없는 사회를 만들기 위함이다.

아울러 상장된 모든 식품회사를 소유하고 있다.

그리고 스마트농장 등으로 필요한 모든 곡물 및 채소와 과실을 생산하게 된다.

이는 모든 식자재 가격이 안정됨을 의미한다.

상장된 의류회사들은 지금보다 훨씬 저렴한 의복을 내놓을 것이다. 이는 사주의 지시사항이다.

뿐만 아니라 Y—어패럴에선 더위와 추위를 차단시켜 줄 항온의류를 생산할 것이다.

이쯤 되면 현수가 대한민국 국민들의 의식주 모두를 해결해주는 셈이다.

아무튼 생활이 안정되고, 사회 불평등이 사라지며, 부의 편중이 해소되면 줄었던 인구는 빠르게 늘어난다.

그러니 당장은 인구가 큰 폭으로 감소해도 국가 소멸 같은 일은 일어나지 않을 것이다.

한편, 국제사회는 현재 한국에서 어떤 일이 일어나는지 제대로 알지 못한다.

도로시가 통신과 인터넷 등을 열심히 차단하고 있는 때문이다. 대신 일부 제한된 소식만 흘리고 있을 뿐이다.

한 가지 확실한 것은 에이프릴 증후군으로 인한 사망자가 어마무시하다는 것이다.

이미 500만 명 이상이 사망했고, 조만간 600만 명을 넘길 것으로 예측되고 있다.

인구의 10분의 1 이상이 한꺼번에 죽어버린 셈이다.

단 한 번이라도 그릇된 판결을 내렸거나, 전관예우를 하느라 누군가를 억울하게 했던 판사들을 몽땅 다 뒈졌다.

그리고 어떤 사건을 수사하거나 기소함에 있어 고문, 은폐, 축소, 조작 등에 관여했던 검·경도 싸그리 폐사했다.

뇌물과 학연 등으로 판결이 왜곡되도록 하여 누군가에게 피해를 준 변호사들도 골로 갔거나 가는 중이다.

전·현직이 망라되었기에 법조계는 졸지에 썰렁해졌다.

너무 많이 사라져서 서초동에서 영업 중인 법률사무소를 찾는 게 힘들 정도이다.

이러다간 사법부가 남아나질 않겠다는 비명을 지르고 있지만 국민들의 시선은 싸늘하다.

온갖 욕심을 다 부리면서 여타 국민들 알기를 개똥 정도로 알던 것들이라는 것이 보도된 때문이다.

누군가 사망하면 그의 생전 활동이 고스란히 보도된다.

어디서 누구에게 얼마를 뇌물로 받았으며, 어떤 사건을 어떻게 처리하여 누군가에게 피해를 줬는지 등이다.

정치권 인사들과 야합하고, 자기들끼리는 솜방망이 처벌을 했던 것도 다 까발려졌다.

새로 생긴 Y-뉴스와 Y-채널 등에서 상세히 보도했고, 언제든 무료로 재시청이 가능하도록 개방해 놓았다.

아울러 보도내용을 입증하는 각종 증거자료는 인터넷에 공개되어 있다.

이마저 의심하는 자들은 실물 확인을 요구했다.

당연히 응했다. 다만 불순한 의도로 증거자료 훼손 및 절취할 우려가 있기에 사전에 신분 확인을 명확히 했다.

그리고 이들의 동선 및 행동은 4K 영상으로 기록되었다. 이들은 삼엄한 감시 속에서 증거자료들을 열람하곤 낙담했다. 누가 봐도 보도 자료가 명명백백했던 때문이다.

일각에선 사자명예훼손 운운했다. 그러나 이내 개소리로 평가되었고, 언급했던 자들은 사회적인 매장을 당했다.

아무튼 누군가 증거자료를 확인했다는 내용 또한 인터넷에 공개되어 있다.

누가, 언제, 누구의 생전 기록을, 얼마 동안, 어떻게 열람했으며, 죽은 자와 어떤 관계였는지 모두 확인할 수 있다.

괜히 나섰다가 구설수에 올라 세인의 지탄을 받던 자들은 정상적인 사회생활이 불가능해졌다.

직장생활은 물론이고, 교우관계도 파탄 났다. 어떤 자는 고교동창회에서 더 이상 참석하지 말라는 통보를 받았다.

사건 은폐와 조작을 일삼던 모 검사의 사위가 그렇다. 제 딴에는 우리 장인이 그럴 리 없다 하여 나섰던 것이다.

하지만 도로시가 확보한 증거는 너무도 확고하다.

그의 친필 메모는 물론이고, 문자와 SNS 메시지, 그리고 녹음된 음성이 증빙자료였다.

어쨌거나 사람들의 인식이 이전과 달라졌다.

부정부패, 뇌물, 협잡, 은폐, 조작 같은 부정적인 단어와 관련자들을 허투루 보아 넘기지 않게 된 것이다.

법조계도 그렇지만 언론계는 더 참담해졌다.

대한민국 신문사 평균을 보면 임직원의 71.3%가 폐사했다. 방송사는 73.5%가 세상에서 지워졌다.

넷 중 셋 정도가 소위 기레기라 불리던 재활용도 못 할 인간 말종들이었다고 판단된 것이다.

하여 오늘도 화장터에서 활활 타오르고 있다.

이밖에 부정부패와 연루된 전·현직 정치인과 관료 및 교직자들도 몽땅 밥숟가락 놓고 황천길로 갔다.

* * *

재계인사 중에서도 상당수가 병풍 뒤에서 향내를 맡는다.

환경을 심각하게 오염시키고도 뇌물로 무마했던 자도 있고, 정치인, 관료, 법조인 등에게 뇌물을 먹여 안 되는 일을 억지로 되게 하여 폭리를 취했던 자들도 많다.

이밖에 살인 또는 폭행을 청부했거나 탈세와 환치기, 외화

밀반출 등에 연루된 자들도 상당히 많이 사망했다.

군인 중에는 방산비리 연루자와 군내 가혹 행위 및 성추행, 그리고 횡령 등을 저질렀던 자들이 죽어 나갔다.

전·현직을 망라하니 이 숫자도 상당히 많았다.

종교인들도 많이 없어졌는데 늘 사회 분란을 야기시키던 특정 종교는 소위 성직자라 불리던 사기꾼 전원이 소멸되었다. 이미 은퇴한 것들 포함이다.

하여 더 이상의 성직자 배출이 불가능한 상태이다.

아울러 종교에 빌붙어 금품 또는 성적 착취를 일삼던 것들과 정도 이상인 광신자들 또한 제거되었다.

현재는 다시는 이 종교가 대한민국 땅에서 싹을 내리지 못하도록 낌새만 보여도 제거하는 중이다.

사이비 종교로 분류된 곳은 핵미사일이 터진 것과 같은 결과를 맞이하고 있다.

교주 일가는 최소 3대 이상이 더 이상 호흡하지 못한다.

가족 전체가 극심한 통증에 비명을 지르고 발버둥 치다가 뒈졌다. 일가친척 중에서도 상당수가 지워졌다.

상위 직급에 있던 자들도 경중을 따져 지워버렸다.

이 종교에 빌붙어 사리사욕을 채우던 것들과 광신자들 모두 폐사했고, 아직 깊게 물들지 않았던 사람들은 더 이상의 미망(迷妄)에 빠지지 않도록 세뇌시켰다.

아마 다시는 종교생활을 하지 못할 것이다. 생각이 그쪽에 미치기만 해도 극심한 통증에 시달리게 되는 때문이다.

　거의 모든 조직폭력배들도 청소되었다. 교도소에 수감되어 있던 것들과 이미 은퇴한 것들 포함이다.
　동네 양아치들은 다음 순서로 대기하는 중이다. 이들을 어찌할지 현수가 아직 결정해 주지 않은 때문이다.
　그래도 선을 넘으면 도로시의 판단에 따라 착실히 지우고 있는 중이다. 물론 죽기 전까지 지독한 고통을 경험한다.

　법률로 처벌할 만한 죄를 짓지는 않았지만 징벌도로 끌려가는 일반인이 있다.
　어느 도시에 있는 장애인복지관에서 일어난 일이다.
　새로 부임한 관장은 장애아동들의 수(水) 치료를 위해 조성되어 있는 수영장이 특정시간에만 사용됨을 알게 되었다.
　오전 10시부터 11시 30분, 그리고 오후 1시부터 2시 30분까지만 쓰이고 다른 시간은 비워져 있었던 것이다.
　하여 장애아동들이 사용하지 않는 시간에 일반인들도 사용할 수 있도록 개방하였다.
　물론 공짜는 아니다.
　다시 말해 소정의 입장료를 받았고, 강사들의 일반인을 대상으로 한 강습을 허용했다.
　복지관 운영에 도움이 될 것이라는 생각을 한 것이다.

그래도 노골적으로 돈 때문이라는 이야기는 할 수 없어서 수영장 현관에 개방 취지를 안내하는 입간판을 세웠다.

 장애아동들의 수 치료를 목적으로 만들어진 곳이지만 일반인들도 이용할 수 있는 시간을 특별히 배정했다는 그럴듯한 내용의 문구로 도배된 것이다.

 이 동네에선 수영을 배우려면 버스로 몇 정거장 거리에 있는 곳까지 가야 했다. 하여 주민들 모두 환영했다.

 그런데 얼마 지나지 않아 불평하는 민원이 지속적으로 접수되었다.

 장애아동들을 보는 것이 불쾌하니 사용을 자제시키거나 새벽 또는 심야에만 쓰라는 것이다.

 이곳까지 장애아동들을 인솔하여 오는 보육시설 교사가 나서서 설명을 하고 양해를 구했지만 민원은 계속되었다.

 결국 장애인복지관 부설 수영장이지만 장애아동들의 수 치료 프로그램은 끝났다.

 그리고 이 수영장은 동네 여편네와 그 자식들만 아주 저렴하게 이용하는 곳이 되었다.

 이 정도면 확실한 본말전도(本末顚倒)이다. 그리고 현수와 도로시의 관점에선 용서받지 못할 이기적인 행동이다.

 하여 민원을 접수시켜 끝내 장애아동 수치료 프로그램을 끝장낸 여편네 전원을 비행정에 태우도록 했다.

 남편 입장에선 갑자기 아내가 사라지는 것이고, 자식들은 엄마가 없어지는 것이지만 강행토록 했다.

이렇듯 이기적이고, 후안무치한 여편네들은 남편으로부터 사랑받을 자격이 없고, 자식들을 올바르게 훈육할 능력이 없다고 판단한 것이다.

식당에 가서 제 자식 먹일 걸 노골적으로 요구하고 제 뜻이 관철되지 않으면 평점 테러를 하고, 맘 카페 게시판에 분탕질 치는 여편네들도 마찬가지이다.

어떤 아파트 부녀회장은 경비원에게 본인의 집 청소와 발레파킹을 강요했다. 어떤 녀석은 제 아비보다도 늙은 경비원에게 반말은 예사였고, 쌍욕을 했으며, 폭행까지 휘둘렀다.

이런 것들과 어찌 같은 세상에서 살겠는가!

하루라도 빨리 치워주는 것이 여럿의 정신 건강에 이롭다. 하여 아프리카행 비행정 탑승의 영광을 부여하고 있다.

이렇듯 어마어마한 수가 주민등록에서 지워졌거나 곧 그렇게 될 예정이다.

지난해의 사망자는 예년의 약 20배였다. 하여 현재의 한국은 죽음의 공포가 만연되어 있는 상태이다.

눈 뜨면 옆집의 누가, 아래층 또는 위층의 누가 사망했다는 소리가 심심치 않게 들린다.

서울시 서초구 모 아파트 단지엔 전직 판사였는데 변호사 개업 후 떼돈을 벌고 있다는 집이 있었다.

얼마 전부터 비명 소리가 엄청 크게 들렸다. 뭔 일인가 싶었더니 에이프릴 증후군이라 하였다.

지하 주차장에서 차를 빼다가 우연히 이웃집 부인을 만났기에 지나가는 말로 툴툴거렸다.

밤낮으로 너무 시끄러워서 고3인 딸이 공부를 할 수 없다며 매일 밖으로 나돌기에 한 말이다.

이웃집 부인은 고통이 너무 심한데 진통제가 효과가 없어서 그런 것 같다고 하였다.

에이프릴 증후군에 관한 보도내용을 여러 번 접했기에 몹시 아픈 줄은 안다. 하여 퇴근하면 귀에 솜을 틀어막고 살아왔는데 어느 날 갑자기 조용해졌다.

고통을 견디다 못해 창밖으로 투신했던 것이다.

일류대학을 나왔고, 단번에 사법고시를 패스하여 판사로 재직했으며, 변호사 개업 후엔 뭔 수를 썼는지 비싼 외제차를 타고 다니며 목에 힘주던 인물이 세상을 뜬 것이다.

갑작스런 상(喪)을 당한 집은 슬프겠지만 이제 좀 조용히 살겠다는 생각을 했다.

그런데 그날 오후 새로운 비명이 터져 나왔다.

이번엔 윗집과 아래 아랫집이다. 윗집은 고위관료였고, 아래 아랫집은 언론사 임원이었다.

보름쯤 지난 후 두 집에서도 곡소리가 났다. 이번에도 투신이다.

이틀 후 또 다른 집에서 비명이 터져 나왔다. 그리고 금방 아파트 단지 곳곳이 시끄러워졌다. 그러다 울음소리가 들리면 '아! 또 누군가 갔구나.' 하는 생각을 하게 되었다.

애도하는 마음은 전혀 없다.

제정신인 한국인이라면 오히려 잘 죽었다는 소리가 저절로 나온다. 에이프릴 증후군 때문에 죽은 자들의 생전 행적이 매국노 수준이라는 걸 알기 때문이다.

아무튼 불과 1년 사이에 전체 인구의 10% 이상이 지워졌고, 죽음은 너무도 흔한 일이 되었다.

그러는 동안 장례 풍습이 변화했다.

부음(訃音)을 듣고 장례식장을 찾아갔다가 혹시라도 에이프릴 증후군에 감염될 수 있다는 헛소문이 번지자 불안심리 때문에 조문은 하지 않는 것으로 바뀌었다.

이 병으로 사망하면 직계가족들만 모여서 장례를 치른다.

대통령 긴급조치에 따라 에이프릴 증후군으로 사망한 자는 사망선고 당일 또는 익일(翌日)에 화장해야 한다. 매장을 허락하지 않은 이유는 전염성이 확인되지 않은 때문이다.

하여 영안실을 꾸미고 조문객을 받을 수 없다.

예전 같으면 조의금 또는 부의금을 내느라 허리가 휠 정도였을 것이다. 다행히도 그런 풍습은 사라졌다.

결혼식 풍습도 간소화되었다.

남들에게 과시하기 위한 예식은 더 이상 없다. 하객들이 모이지 않으니 굳이 그럴 이유가 사라진 것이다.

호화롭게 꾸며진 예식장 대신 조촐한 카페 같은 곳에서 식을 치른다. 직계가족과 4촌 이내 친척들만 보는 앞에서 식을 올리는 것이 대세로 굳은 것이다.

축의금은 온라인으로 보내지거나 기프티콘으로 대체되었다. 경기가 침체되었던 탓도 있지만 음식을 대접하지 않는 상황이라 축의금액은 예전의 절반 이하로 줄어들었다.

신혼여행은 제주도 등 국내여행으로 갈음되었다. 출국 자체가 불가능하니 별 수 없다.

덕분에 여러 관광지가 개발되었고, 경관 좋은 곳엔 리조트들이 속속 들어서고 있다.

에이프릴 중후군으로 인해 장례와 결혼 모두 간소화되는 추세이다. 백일, 돌, 환갑, 칠순잔치 등은 일찌감치 사라졌다.

드디어 허례허식이 물러간 것이다. 한 번 이렇게 되었으니 예전으로 돌아가긴 힘들 것이다.

아무튼 과소비가 줄어들었다. 참으로 다행한 일이다.

현재의 한국은 국제적인 왕따이다. 타국으로 하여금 너무나 큰 두려움을 느끼게 한 결과이다.

너무나 혐오스러워서 만지는 것조차 싫은 짐승이나 물건 같은 오염물질 대접을 받게 된 것이다.

그 결과 외국과의 인적·물적 교류가 완전히 끊겼다. 입출국과 수출입이 완전히 차단된 것이다.

다만 천지건설 임직원 일부만 콩고민주공화국과 아제르바

이잔 등 몇몇 국가에 발을 들여놓을 수 있을 뿐이다.

이러는 동안 장강이북은 깊은 수렁이 되었고, 장강이남은 폭행과 살인, 식인이 난무하는 아수라장으로 변모하였다.

덕분에 글로벌 공급망은 완전하게 박살났다.

그 결과 일부 산업계에 된서리가 내렸지만 목숨보다 중요하진 않기에 이 기조는 당분간 유지될 예정이다.

미국은 뇌사자가 속출하자 서둘러 자국 내 불법체류 한국인들을 색출하여 강제 송환선에 태웠다.

엄연한 범법자들을 되돌려 보내는 것이므로 이의는 없다. 문제는 적법한 유학생이나 이민자까지 섞여 있다는 것이다.

이러한 사실이 전파되자 인권운동가들이 시위에 나섰지만 이내 해산되었다.

WTO에서 에이프릴 증후군이 대유행상황으로 진전될 확률이 매우 높으니 주의하라는 발표를 한 때문이다.

한국을 시작으로 중동과 미국, 일본, 필리핀 등에서 뇌사자가 속출하거나 비명을 지르다 자살했기 때문이다.

그래서인지 한국인은 병원균의 온상이라는 이미지가 씌워졌다. 하여 불법체류자 또는 불법이 의심되는 한국인들을 대상으로 한 신고가 빗발쳤다.

출동한 경찰들은 눈에 불을 켜고 한국인들을 잡아들였다. 도주하면 발포를 서슴지 않아 여럿이 세상을 떴다.

그렇게 하라는 상부의 지시가 있었기에 처벌은 없다.

하긴 하나라도 놓쳤는데 도주 지역에서 뇌사자가 발생되면 그 책임을 누군가 져야 한다.

이러니 어찌 소극적으로 나서겠는가!

그 결과 미국에서 출항하는 강제 송환선엔 약 20만 명의 한국인이 승선하게 되었다.

이 배는 제주도 인근 해역까지만 운항했다. 상륙했다가 자칫 에이프릴 중후군에 감염될까 싶어 내린 조치이다.

해경은 인도된 인원 전체의 건강검진을 했다. 혹시라도 감염자가 있을까 싶어서이다.

이 작업을 하는 동안 법률 위반자를 색출했다.

법을 어겼거나, 누군가에게 피해를 주고 해외로 도주했던 자들은 법정에 서게 된다.

Chapter 06
—
나라를 바치겠습니다

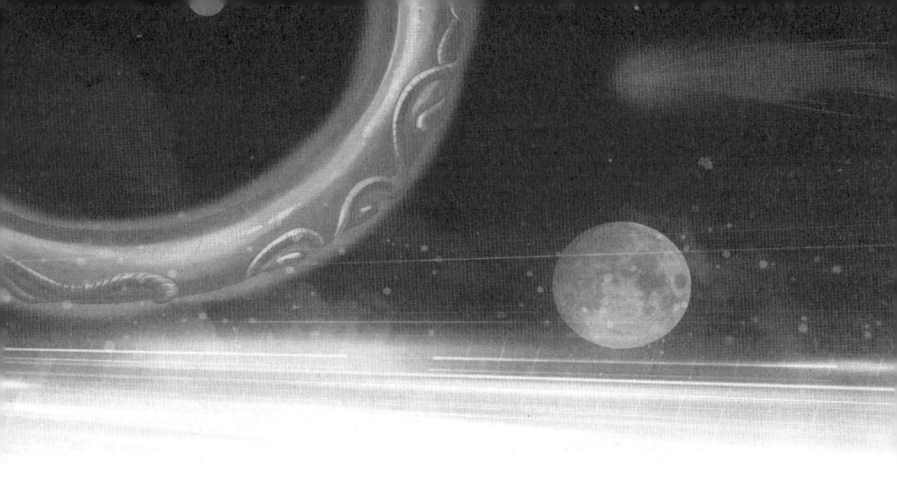

일본은 교민 및 재일교포들을 마구잡이로 보내고 있다.

내각조사실 블랙요원으로부터 시작된 에이프릴 중후군으로 인해 갑작스레 뇌사상태로 발견되는 자들이 급격히 늘어나자 취한 조치이다.

때는 이때다 싶었는지 평소 눈엣가시처럼 여기던 교포들까지 의도적으로 쫓아내고 있는 것이다.

이들은 재산을 처분할 시간적 여유를 주지 않았다. 하여 평생의 재산을 잃은 채 송환된 경우가 많다.

억울하지만 이들이 다시 일본으로 돌아가는 일은 아마도 없을 것이다. 입국금지 명단에 이름이 오른 까닭이다.

일본 정부는 교포들의 재산을 처분하여 국고에 귀속시키고 있다. 명분은 한국에 의해 뇌사상태가 된 자들의 치료비 및 유족에게 지급할 보상금 마련이다.

다시 말해 한국 때문에 자국 인사들이 뇌사상태에 처했으니 한국인 핏줄을 타고 태어난 재일교포들의 재산을 처분하여 보상금으로 쓰겠다는 것이다.

물론 이는 허울일 뿐이다.

교포들의 처분된 재산 대부분은 일본 극우 정치인들의 주머니로 들어가게 될 것이다.

한국의 한 장애인을 위한 단체는 4년간 11억 5,000만 원을 기부받았다.

그런데 불과 694만 원만 장애인들을 위해 사용되었다. 기부금의 0.6%만 본래 취지대로 사용된 것이다.

결손 아동 후원금 명목으로 128억 원을 기부받은 모 사단법인은 이 중 2억 원만 집행하고 나머지는 착복했다.

1.5%를 제외한 전액을 떼어먹은 것이다.

이래서 기부단체에 기부하지 말라는 말이 나돌고 있다.

일련의 사건에 관여되었던 자들은 전원 에이프릴 증후군에 걸려서 사경을 헤매고 있거나 이미 죽었다.

그리고 이 단체와 관련되어 부당 이득을 취한 자들의 모든 금융자산은 증발되었다.

도로시가 압수했고, 곧 출범할 Y-사회복지법인 계좌에 기부될 예정이다. 일은 사람들이 하겠지만 회계는 안드로이드가 맡는다. 횡령이 있을 수 없게 되는 것이다.

캐나다와 호주 등 한국교포와 교민, 그리고 체류자들이 많은 국가도 이민법 위반자를 적극적으로 색출하고 있다.
아직 송환선이 뜨지는 않았지만 분명한 범법행위자이니 이들의 송환을 거부할 명분은 없다.
이들 역시 제주도 인근 해역까지만 데려다줄 예정이다. 다음 수순은 미국에서 온 사람들과 마찬가지이다.
외국에서 한국인들을 돌려보내듯 한국 또한 국내 체류 중인 상당수 외국인을 송환하고 있다.
정상적인 법적 절차를 모두 이행한 후 출국시키려면 시간도 오래 걸리고, 번거롭기에 비행정으로 직접 모셔다드리는 수고를 자발적으로 행하고 있을 뿐이다.
그렇다 하여 전부를 내쫓는 것은 아니다.
정상적으로 입국하여, 정상적인 상태를 유지하는 합법적인 체류자들은 그대로 둔다.
예를 들어, 한국인 남성과 결혼하여 진심으로 생활하고 있는 베트남 여성은 돌려보내지 않는다.
그리고 불법 체류자 중에서도 질병 치료 중이면 일단은 제외한다.

반면, 합법 체류자이더라도 범법행위를 했거나 그럴 위험성이 크면 골라내는 식이다.

다만, 한족과 조선족은 합법이든 불법이든 모조리 솎아내고 있다. 남녀노소는 물론이고, 신분 고하도 가리지 않는다.

지나인들로 말미암은 일이 어찌 하나둘이겠는가! 하여 옥석을 가리지 않고 모조리 내보내는 것이다.

이를 위해 도로시는 상당기간 동안 모든 외국인들의 이메일과 통신내역 등을 면밀히 주시했다.

억울한 경우가 발생하는 것을 미연에 방지하기 위함이다.

한국 내에는 지나인 소유 부동산이 상당히 많다. 이전의 잘못된 정책의 결과이다.

이 부동산들은 전부 Y-Property 명의로 바뀐다.

매매계약에 따른 합법적인 거래이고, 돈을 송금한 증빙도 있다. 이전 가격의 10분의 1도 안 되는 금액이지만 그게 현재의 가치이다.

그렇게 보내진 돈은 다시 Y-인베스트먼트로 되돌아온다.

부동산 소유주가 이미 사망했거나, 곧 실종 후 사망할 예정이라 그러하다. 그간 한국 사회에 끼친 해악에 대한 보상 차원에서 접수하는 것이다.

* * *

"우리 조선민주주의인민공화국 노동당 정부는 2017년 2월 28일 자정에 해산키로 결의하였습네다."

국무위원장 김정은은 다소 긴장한 듯 굳은 표정으로 만장한 기자들을 둘러보곤 말을 잇는다.

"아울러 2017년 3월 1일 0시에 우리 공화국의 모든 것을 하인스 킴 님의 영도에 맡기기로 했습네다."

기자들은 누가 머릿속에 벼락이라도 때려 박은 듯 갑자기 멍한 표정이다.

방금 들은 말이 사실일까 싶었던 것이다.

2001년 9월 11일 뉴욕의 세계무역센터 빌딩으로 항공기가 돌진하는 테러가 있었다. 소위 9.11 테러라 하는 것이다.

소식이 전해지자 전 세계 거의 모든 방송사가 긴급 뉴스를 편성하여 현장을 중계했다.

아닌 밤중에 홍두깨라는 말이 있다. 전혀 예기치 못한 말을 불쑥 꺼내거나 뜻밖의 일을 당함을 의미한다.

지금이 바로 그런 모양이다. 이게 대체 무슨 일인가 싶은 표정들이다.

며칠 전, CNN과 BBC, 르 몽드, 뉴욕 타임즈, 워싱턴 포스트, 타스 통신, 가디안, 블룸버그 같은 세계 유수의 언론사들에 전언문 하나가 당도하였다.

북한을 지배하고 있는 김정은 국무위원장의 매우 중대한 긴급발표가 있을 것이니 평양으로 오라는 내용이다.

전언물 아래엔 다음과 같은 첨언이 주석처럼 달려 있었다.

국제 정세의 거대한 분수령이 될지도 모를 이번 발표를 놓치는 언론사는 '반드시 후회' 하게 될 것입네다. 기러니 우물쭈물하지 말고 날래 오시라요.

이를 받은 각국의 주요 언론사 데스크들은 진위 여부를 떠나 주변을 다시 한 번 돌아보았다. 주석처럼 달린 반드시 후회한다는 문구가 마음에 걸렸기 때문이다.
콕 집어서 불렀는데 안 가면 어떤 보복을 할지 모를 국가가 북한이다.
그리고 이 나라는 데스크나 언론사 사주를 암살하는 정도는 언제든 시도할 수 있는 미치광이 집단이다.
그렇기에 혹시 모를 저격을 피하고자 블라인드를 내리고, 커튼을 쳤으며, 가급적 외출을 자제하였다.
그래놓고는 다른 언론사에 연락해봤다. 국제적으로 이름난 곳은 다 통신문이 당도한 모양이다.
유례없는 일이고, 대체 무슨 일인지 알 수는 없지만 북한 정부 명의로 발송된 통신문이다.
언론사라면 궁금해서라도 기자나 리포터를 파견해야 한다. 혹시라도 특종을 놓칠 수 있는 때문이다.
그렇기에 통신문을 받은 곳은 하나도 빼지 않고 모두 기자 또는 리포터를 보냈다.

한국은 Y-채널과 Y-뉴스가 초대받았다.

뉴스 보도를 하던 기존의 방송사들은 이미 망해서 자빠졌거나 취재 내보낼 기자가 없는 상황이다.

계속 신입과 경력직 모집공고를 내고 있지만 지원자가 없다.

이제는 어떤 사람이 에이프릴 중후군에 걸려서 고생 고생하다가 뒈지는지 대충 짐작하게 된 때문이다.

확실한 건 기존의 방송사엔 아무리 월급을 많이 준대도 가면 안 된다.

고참 및 관리직 거의 전부가 죽어서 가봐야 배울 게 없다.

이런 상황에 Y-채널과 Y-뉴스가 개국되었다. 에이프릴 중후군이 퍼진 이후의 일이다.

하여 지원서를 넣었지만 허들이 매우 높다. 기본소양에 대한 시험을 통과해도 인성면접에서 대부분 떨어졌다.

경쟁률로 따지면 약 100 : 1 이상이었다. 다시 말해 100명 중 간신히 한 명 정도가 합격한 것이다.

이에 불만을 품고 채용기준을 밝히라는 요구가 있었다. 이에 두 방송사는 높디높은 허들을 공개했다.

첫 번째 허들은 친일파의 후손이 아닐 것이다. 직계는 당연히 안 되고, 방계라도 8촌을 넘겨야 한다.

두 번째는 폭넓은 교양과 역사를 보는 시각이다.

일반인보다 더 많은 상식을 요구했고, 균형 잡힌 시각으로 역사를 평가하는 식견이 있는지를 확인했다.

세 번째 허들은 굳은 의지이다.

외압이나 위협을 받는 상황에서도 사건의 축소, 은폐, 왜곡, 물타기 등을 하지 않을 수 있는지 테스트했다.

이건 복도에 세워놓고 얼굴에 화살을 쏘는 것으로 평가했다. 사전에 절대로 죽지 않을 테니 눈도 깜박이지 말고 마주하라고 했지만 다들 이리저리 피했다.

어쨌거나 탈락한 사람들은 전에 없던 '언론고시'를 만들었느냐면서 비아냥댔다.

그러거나 말거나 올곧은 성격, 넓은 견문, 그리고 균형 잡힌 시각을 가진 재원들을 채용했다.

그리고 기자들의 연봉과 처우를 공개했다.

Y-뉴스에선 갓 대학을 졸업한 신입기자의 첫 월급은 666만 원으로 책정되었다.

소득세와 건강보험, 국민연금, 고용보험 등을 공제한 금액이니 실제 연봉은 1억 원이다.

참고로, 2017년 대기업 대졸 신입사원 연봉 평균은 3,855만 원이다. 이와 비교하면 약 2.5배이다.

스스로 취재하고, 기사를 쓸 능력이 있는 경력기자의 급여는 월 833만 원에서 시작이다.

이 정도면 연봉 1억 3,500만 원 정도이다.

둘 다 연말에 지급되는 성과급이 제외된 금액이다. 이 정도면 대기업 직원들이 부러워할 만하다.

취재를 도울 차량은 기본으로 제공되고, 취재에 필요한 비용 또한 전부 지원된다. 취재본부와 협의되면 영수증 첨부를 생략할 수 있다.

그리고 매월 좋은 기사를 쓴 기자에 대한 포상을 한다. 1위 2,000만 원, 2위 1,000만 원, 3위 500만 원이다.

연말에는 올해의 기자를 선발하여 또 포상한다.

상금은 1위 1억 원, 2위 5,000만 원, 3위 3,000만 원이다. 이 밖에 유급휴가 10일이 부상(副賞)으로 주어진다.

4위부터 10위까지는 국내 리조트에서 온 가족과 함께 쉴 수 있도록 7박 8일짜리 숙박권 및 식음료권이 지급된다.

11위부터 50위까지는 5박 6일, 51위부터 100위까지는 3박 4일이다.

상위 100위 안에만 들면 달콤한 휴가가 주어지는 것이다. 대신 부정을 저지르다 적발되면 One strike out이다.

그러면 웬만해선 Y—그룹과 관련된 회사에 채용되지 않는다.

충분한 급여와 취재비용 100%를 제공하니 한눈팔면 안 된다는 뜻이다.

떨어진 사람들 배가 몹시 아플 연봉이고 처우이다.

Y—채널에선 쇼 프로그램과 드라마, 예능, 다큐 등을 주로

방영하지만 뉴스가 아주 없는 것은 아니다.
 하루에 두 번 오전과 오후 7시에 각각 30분씩 보도한다.
 사건이 생기면 그에 대한 사실보도를 하고, 원인을 분석하며, 해결책 또는 대안을 제시한다.
 인기에 영합한 추측성 보도, 과장 보도 따위는 없다. 오로지 있는 사실 100%를 날 것 그대로 내보낸다.
 한편, Y-뉴스는 24시간 중 12시간은 뉴스를 송출하고, 12시간은 문제가 된 내용들을 되짚어보는 시간이다.
 Y-채널에서 미처 다루지 못한 자잘한 뉴스도 보도한다.
 시청자들로부터 전파낭비라는 말을 듣지 않도록 다각적인 노력을 기울인다.
 아울러 게시판을 활성화하여 쌍방향 소통도 한다.
 다행인 점은 소위 진상이라 하는 것들이 처리되어 이전과 같은 게시판 이전투구와 일방적인 욕설 등은 없다.
 제보를 위한 게시판은 익명이 가능하다. 신상에 위협이 갈까 두려워 제보를 못 하는 일이 없도록 하기 위함이다.

         *   *   *

 개인 정보제공 없이 게시판에 글을 올릴 수 있으니 본인은 익명으로 생각하겠지만 도로시는 전부 파악하고 있다.
 따라서 지나치게 악의적이거나 가짜 제보를 반복하는 경우엔 휴머노이드의 방문을 받을 수 있다.

어쨌거나 평양에 집결한 기자들은 긴장된 표정이었다. 삼엄한 경비 때문이다.

일시에 많은 외국인이 입국하는지라 안내와 통제를 위해 군인들을 배치했는데 오해한 것이다.

평양 순안국제공항은 인파로 북적였다.

기자들도 많았지만 북한이 외국에 파견한 인력들이 일제히 철수하고 있었던 때문이다.

이렇게 다 불러들인다면 다음 수순은 남한과의 전쟁일 것이라는 의견이 대두되었다.

최근엔 이렇다 할 국제뉴스가 없다. 인공지능과 인간의 바둑대결에 모든 관심이 쏠린 탓이다.

돈이 걸려서 그런지 거의 모든 분쟁이 소강상태에 접어들었다. 심지어 아프리카 각국의 내전도 잠잠하다.

그런데 전쟁을 선포하려나 보다.

당연히 특종 중의 특종이다. 하여 기자들은 긴장된 표정으로 김정은의 다음 말을 기다리고 있었다.

"우리는 하인스 킴 님의 영도에 따르기 위해 모든 기득권을 포기할 것입네다. 이를 위하여 2월 28일 자정에 나를 포함한 모두가 직위를 내려놓을 것입네다."

독재자가 권력을 내려놓으면 다음은 죽음뿐이다.

그런데 국무위원장은 물론이고 뒤에 시립해 있는 권력서열

2~24위까지 모두 담담한 표정이다.

"현재의 정부가 해산하는 것은 남조선과의 대결이 종식됨을 의미합니다. 아울러 우리 정부와 체결된 모든 조약과 계약 또한 2월 28일 자정을 기해 무효함을 선포합네다."

"……!"

이건 대체 무슨 의미가 있을까를 떠올릴 때 김정은의 말이 이어지고 있었다.

"따라서 아국의 모든 외교관은 해외공관을 폐쇄하고 2월 20일까지 전원 귀국할 것을 명령하는 바입네다."

"헐…!"

누군가 말도 안 된다는 탄성을 냈다. 그러거나 말거나 국무위원장의 발언은 이어지고 있다.

"아울러 우리 공화국에 주재하고 있는 외교사절 또한 빠르게 공관을 정리하고 철수할 것을 요청드리는 바입네다. 2월 25일 이전까지가 기한입네다. 그때까지 우리 정부는 귀국에 최대한 협조할 것을 약속드립네다."

점입가경이다. 기자들은 열심히 받아쓰기를 하고 있다. 실시간으로 내용을 송출하는 모양이다.

"긴 세월 동안 북과 남이 분단된 채 대결 양상으로 지내왔던 것은 심히 유감이었습네다."

"그럼 통일인 건가?"

Y-뉴스의 기자가 저도 모르게 중얼거린 말이다. 그런데 음

성이 작았는지 아무도 돌아보지 않았다.

"휴전선과 DMZ는 당분간 현 상태대로 유지됩네다. 새로운 영도자께서 추후 문제를 결정하실 것이고, 나를 비롯한 우리 인민 모두 그분의 뜻을 따를 것임을 천명합네다."

김정은은 기자들을 쭉 둘러보고 말을 잇는다.

"2017년 1월 26일. 조선민주주의인민공화국 노동당 위원장 김정은."

발표를 마친 김 위원장은 가볍게 고개를 숙여 예를 갖추고는 한 발 물러선다.

이때 뒤쪽에 있던 황병서 총정치국장이 한 발 나선다. 지금부터 있을 기자들의 질문을 받기 위함이다.

마이크를 조절한 황병서는 고개를 들어 기자들에게 시선을 준다. 이때 사회자의 발언이 있었다.

"질문 있으신 분은 손을 드십시오. 기러고 총정치국장님께서 지목하신 분만 질문을 하시고 다른 분들은 정숙을 기해주시길 바랍네다."

사회자의 말이 떨어지기 무섭게 모든 기자들이 손을 번쩍 든다. 황병서는 목에 CNN 패찰을 단 기자를 지목했다.

"CNN의 알레이 브레들린입니다. 조금 전 김 위원장께서 북한을 하인스 킴에게 양도하신다고 했는데…."

전혀 예상치 못했던 발표였는지라 기자의 말은 두서가 없었다. 그래서 말을 길었지만 뜻은 간단하다.

나라를 바치겠습니다

정말이냐는 뜻이다.

"우리 위원장께서 세계 각국의 기자님들을 앞에 두고 거짓을 말할 이유는 없습네다."

황병서는 간단히 대답하곤 시선을 들었다. 또 다른 기자를 지목했고 대동소이한 질문을 받았다.

"조금 전 발표대로 2017년 3월 1일 0시를 기해 한반도 이북의 모든 것은 하인스 킴 님에게 양도됩니다."

"남한과 통일은 안 합니까?"

누군가 지목을 받지 않았음에도 성급한 질문을 했다. 황병서는 소리가 난 쪽을 바라보았다.

이때 사회자가 주의를 환기하는 발언을 한다.

"지목받지 않은 질문은 대답하지 않으실 겁네다. 아울러 한 번 더 그런 일이 있으면 기자회견을 마칩네다."

기자들은 슬쩍 사방을 살핀다. 이곳이 북한이라는 걸 잠깐 망각하기라도 한 듯싶다.

더 들을 말이 많은데 기자회견을 마치게 되면 난감하다. 하여 다들 방금 전 발언자를 째려본다.

이에 그 기자는 깨갱하는 표정으로 고개를 숙인다.

"어차피 나올 질문이니 조금 전의 질문에 대답을 하디요."

모두의 시선이 집중되었다. 진짜 국제사회의 분수령이 될 발언이 될 것이기 때문이다.

"남한과의 통일은 전적으로 새로운 영도자님의 의중에 따릅네다. 기러니 기딴 질문은 바하마로 가서 하시라요."

말을 마치자마자 기자들이 손을 든다.

"거기, 붉은 넥타이를 맨 기자분 말을 하시라요."

"감사합니다. 저는 BBC의 데보라 커닝햄입니다. 이번 발표는 하인스 킴과 사전 교감이 있었는지요? 있었다면 언제 어느 수준으로 논의된 건지 알고 싶습니다."

"우리 공화국 정부 단독 결정입네다. 새로운 영도자님과는 사전 논의가 전혀 없었디요. 기래도 너그러이 받아주실 것이라 믿어 의심치 않습네다."

"만일 안 받아들이면 어떻게 되는 겁니까?"

"기야, 받으실 때까지 애원을 해야겠디요. 다들 아다시피 현재 우리 공화국 사정이 그리 좋지 못합네다."

황병서는 다시 생각해봐도 심각함을 느끼는지 살짝 표정을 굳힌 채 말을 잇는다.

"지난해 농사 소출이 시원치 않아서리 굶어 죽는 인민들이 속출하고 있습네다."

모든 기자들이 고개를 끄덕인다. 북한이 식량부족국가라는 걸 다들 알고 있는 것이다.

유엔식량농업기구(FAO)와 세계식량계획(WFP) 자료에 따르면 2016회계연도의 북한 식량 수요량은 549만 5,000톤인데 비해 생산량은 480만 1,000톤에 불과했다.

북한의 하루 평균 곡물 배급량은 0~4세 234g, 5~14세

390g, 15세 이상 일반노동자 546g, 15세 이상 중노동자 및 군인 624g, 15세 이상 병·노약자 234g이다.

그런데 무려 69만 4,000톤이나 부족했던 것이다.

가장 많은 배급을 받는 군인을 기준으로 하고, 북한 인구를 2,500만 명이라 하면 전 국민이 45일간 굶어야 한다.

인간인 이상 먹지 않으면 살 수 없다. 이러니 아사자가 속출한다는 말은 거짓이 아닌 것이다.

"다음 질문 받겠습네다."

"저요! 저요! 저요!…"

황병서 총정치국장은 1시간 가까이 기자들의 질문을 받고 그게 대한 답을 줬다.

"이제 대부분의 궁금증이 해소되었을 걸로 생각됩니다. 하여 이만 기자회견을 마칩네다. 모두 안녕히 돌아가시라요."

사회자의 마지막 발언을 끝으로 전 세계를 놀라게 한 발표가 끝났다.

인류 역사상 전쟁도 없었는데 권력자 전원이 직위를 내려놓고 나라 전체를 바친 경우는 단 한 번도 없었다.

더더군다나 은둔의 국가, 독재자의 국가인 북한이 그럴 것이라곤 단 한 명도 상상조차 하지 않았다.

그런데 아무런 연고도 없는 하인스 킴에게 진짜로 나라를 통째로 헌납한다고 한다.

기자들은 머리에 쥐가 오른 듯 쉽게 기사를 작성하지 못하고 있었다.

그중엔 Y-채널과 Y-뉴스 기자들도 있다. 한 번도 상상하지 못했던 일인지라 제호부터 쉽게 결정되지 않았다.

북한! 나라 전체를 하인스 킴에게 넘긴다.
체제 포기 선언한 북한! 하인스 킴의 왕정이 시작되나?
6.25전쟁은 종전 상태가 아닌데 당사국인 북한이 체제 자체를 포기하면 어찌 되는 건가?
하인스 킴은 대박일까 아님 전 재산을 탕진할까?
대한민국의 미래를 점쳐본다.
한반도의 통일은 과연 이루어질 것인가?
2,500만 명을 어찌 먹여 살릴 것인가?
하인스 킴에게 너무 과중한 짐을 지우게 하는 북한 당국의 무책임함은 성토되어야 한다.

두 기자는 두서없이 뭔가를 끄덕여본다.
그런데 막상 제호를 고르려 하는데 그에 맞는 기사를 작성하려니 너무 어렵다. 하여 두 기자 역시 머리카락을 움켜쥔 채 고뇌에 찬 표정이다.
한쪽에선 마이크를 들고 뭐라 뭐라 떠들고 있다. 실시간으로 스팟 뉴스를 송출하는 듯싶다.
CNN 리포터의 음성이 웅성거리는 소음을 뚫고 들려온다.

안녕하십니까?

저는 CNN의 특파원 로라 험퍼딩크입니다.

지금 제가 있는 이곳은 북한의 수도 평양입니다.

제 뒤쪽에 보이는 건물은 이곳의 심장이라 할 수 있는 금수산궁전의 모습이고 저는 그 앞 광장에 있습니다.

조금 전, 북한 국무위원회 위원장 김정은은 매우 매우 중대한 발표를 하였습니다.

오는 3월 1일 0시를 기해 북한 전역을 하인스 킴에게 무상 헌납한다는 내용입니다. 아주 익숙한 이름이지요?

세계 제일의 투자자이며, 수학 천재이고, 명장 반열에 오른 연주자이고, 뛰어난 솜씨를 지닌 의사이며, 세계 최고의 부자를 떠올리셨으면 정답입니다.

지금 바하마에서 알파고와 세기의 바둑대결을 벌이고 있고 연전연승이라 조만간 세계 최고의 바둑기사라는 타이틀을 하나 더 가질 예정입니다.

아무튼 3월 1일 0시가 되면 북한의 모든 정부기관은 해산하게 되고, 권력 서열 1위인 김정은 국무위원장 뿐만 아니라 모든 공직자들 또한 민초가 된다고 합니다.

권력 서열 2위인 황병서 총정치국장의 발언에 의하면 인민군 조직 또한 완전히 해산된다고 합니다.

국가 자체가 해체되는 셈입니다.

이런 나라를 바하마에서 대국 중인 하인스 킴에게 양도하고 모든 것을 맡긴다는 것이 오늘 발표의 요지입니다.

아직 하인스 킴과는 사전 교감 같은 것이 없었다고 하는데 과연 국제사회가 이를 어찌 받아들일지 궁금합니다.

지나의 급작스런 멸망과 에이프릴 증후군으로 수백만 명의 희생자가 발생한 대한민국으로 인해 국제사회는 글로벌 공급망 파괴라는 혼란과 아픔을 겪고 있습니다.

이런 와중에 북한이 전격적으로 체제포기를 선언했는데 이게 어떤 일로 진행될지 흥미진진하지 않을 수 없습니다.

과연 하인스 킴은 이를 어찌 받아들일지도 초미의 관심사가 아닐 수 없습니다.

이제 공은 하인스 킴에게도 넘어갔습니다.

우리 CNN은 최대한 빨리 그의 의중을 취재하여 다음 뉴스를 이어가겠습니다. 이상, 평양이었습니다.

특파원의 보도가 이어지는 동안 한국과 미국, 일본 등은 호떡집에 불이 난 듯 시끄럽고 소란스러워졌다.

북한이 사라지면 수정해야 할 정책과 작전 등이 너무 많아서였을 것이다.

먼저, 한국 국민들은 김정은의 발표에 환호했다.

남북한은 6.25 전쟁이 발발한 이후 오랜 기간 동안 극한 대립관계였다.

졸지에 벌어진 이 전쟁의 후유증으로 수많은 이산가족이 발생하였다. 몇 차례 상봉 기회가 주어졌지만 만난 사람보다 못 만난 가족이 훨씬 더 많다.

Chapter 07
—
돈벼락 맞는 사람들

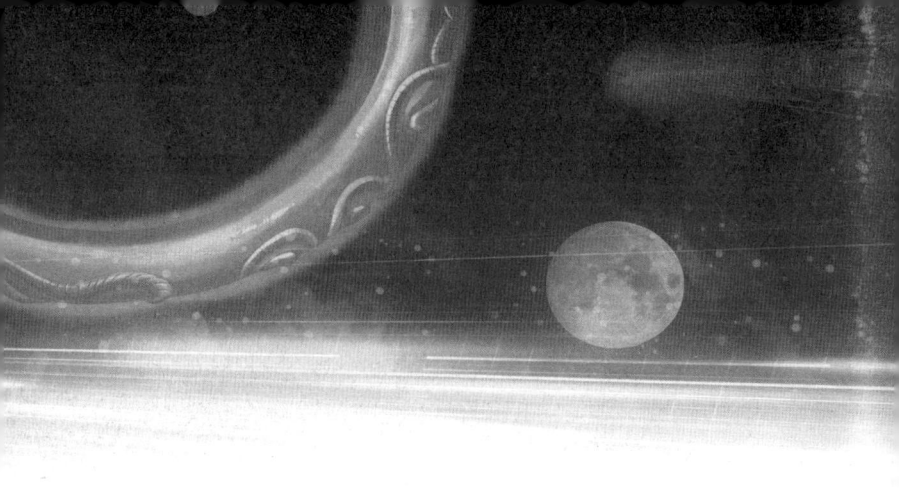

한국 정부는 북한을 달래기 위해 여러 사업을 추진했다.

금강산 관광과 개성공단이 좋은 예이다.

그런데 또다시 전면 차단되어 있는 상태이다. 탄핵으로 쫓겨난 이전 대통령의 아주 훌륭한 치적이다.

금강산 관광을 관장했던 현대와 개성공단에 입주했던 기업들의 손해는 이만저만이 아니다.

그럼에도 별다른 보상도 없어서 욕만 먹는 중이다. 그리고 사업 재개는 요원한 일이 되었다.

그리고 남과 북의 대치는 긴장상태가 유지되는 중이다. 그리고 뾰족한 수가 없기에 시간만 보내는 중이다.

그런데 아무런 노력도 하지 않았건만 일시에 해결되었다.

수많은 이산가족들은 상봉을 꿈꾸었고, 아직 입대하지 않은 장정과 청소년들의 눈빛은 반짝인다.

징집에서 모병으로 바뀔 확률이 높아진 때문이다.

늘 위협적이던 지나가 사라졌고, 북한도 사라진다.

이제 남은 건 1,000년 숙적인 일본뿐이다. 그런데 일본은 육지로 이어져 있지를 않다.

일본 해군은 강하지만 함부로 도발하지 못한다. 한국의 미사일 전력이 매우 위협적이기 때문이다.

북한과 지나를 대비하여 비축해놓았던 모든 미사일이 발사되면 일본은 그야말로 초토화된다.

MD시스템이 정상적으로 작동한다 하더라도 도저히 감당할 수 없을 만큼 무지막지한 양이다.

게다가 한국 육군이 일본에 상륙하면 100전 100승이다.

병력수에서도 차이가 나지만 허접한 자위대로는 정예강병인 한국군을 감당하지 못하는 때문이다.

한편, 일본군은 한반도에 발을 디딜 수 없다.

국방부가 괜히 포방부라 불렸겠는가!

한반도 가까이 접근하면 무수한 포탄 세례를 받는다. 이지스함도 견뎌내질 못할 만큼 무시무시한 화력 투사이다.

아무튼 일본 내각은 긴급 구수회의가 진행되고 있다. 한반도가 통일되면 어찌 대응해야 할지 난감한 때문이다.

한일전이 벌어졌을 때 뒤통수를 갈겨줄 것이 분명했던 지나가 멸망했다.

게다가 북한이 가세하면 미치고 환장할 노릇이 된다. 핵보유국이기 때문이다.

히로시마와 나가사키에 떨어진 리틀 보이와 팻맨의 악몽은 일본인들의 뼈에 새겨져 있다.

북한에서 투발된 미사일의 무서움은 어디에 떨어질지 모른다는 것이다. 하코네나 요코하마를 겨냥했던 것이 도쿄에 떨어질 수도 있는 것이다.

아직 이에 대한 대응책이 수립되어 있지 않다.

하여 일본은 전쟁이 벌어졌을 때 남한과 북한 모두를 한 번에 상대해야 하는 상황을 고려하지 않을 수 없다.

그러니 꼬리에 불붙은 망아지처럼 안절부절 못하며 대응책 마련에 부심인 것이다.

한국도 마찬가지이다.

얼마 전에 실시한 여론조사 결과를 보면 한국인들은 가장 위협적인 국가 1위로 북한을 꼽았다. 46%이다.

2위는 33%를 차지한 지나이다.

그렇다면 10년 뒤엔 어느 나라가 위협적이겠는가를 조사했는데 순위가 역전되었다.

지나가 1위이고 56%이다. 북한은 2위로 22%이다.

한발 더 나아가 북한을 제외한 가장 위협적인 국가를 알아봤는데 지나 71.9%, 일본 21.1%, 미국 6.3%였다.

 북한을 헌납받게 될 하인스 킴은 한국과 인연이 깊다.
 천지건설 전무이사이며, Y—어패럴과 Y—엔터, Y—파이낸스, Y—메디슨, Y—Property, Y—스틸, Y—코스메틱, Y—PS, Y—에너지 등 여러 회사를 창설했다.
 이중 Y—Property는 무서운 기세로 주거용 부동산을 사들이고 있다. 서울은 이미 80% 이상의 소유권을 가졌다.
 이러기 위해 어마어마한 돈을 썼다.
 에이프릴 중후군으로 인해 국제 왕따가 된 정부는 Y—인베스트먼트에서 들여온 엄청난 외화 덕분에 위기를 넘겼다.
 하여 한국 정부와는 우호적인 관계이다. 따라서 남북한의 긴장상태는 더 이상 유지되지 않을 것으로 예상된다.
 이렇게 되면 주한미군이 더 이상 필요 없다.
 북한을 상대할 명목으로 주둔했지만 실제로는 지나를 겨냥한 병력들이다. 그런데 지나는 사라졌고, 북한도 사라진다.
 한때 러시아와 냉전을 벌였지만 현재는 그렇지 않다.
 따라서 한국과 일본에 미군이 주둔할 필요가 없다. 그렇다면 철수해야 하는데 어디로 보낼지 결정해야 하는 것이다.
 아울러 전시작전권도 반환받아야 한다. 이를 받았을 때 현재의 군부를 어찌할지 고심해야 하는 상황인 것이다.
 DMZ가 유지되더라도 적대관계가 아니라면 현재와 같은 병력을 유지할 이유가 없다.

육군은 당연히 대대적으로 감축한다.

이제 DMZ 너머는 적이 아니다. 그리고 그 너머에 존재하던 지나는 이미 멸망했다.

러시아와는 적대관계가 아니다. 오히려 우호적이다. 따라서 육군이 어딘가로 진격할 일이 없다.

대신 일본을 겨냥한 해군과 공군은 업그레이드해야 한다.

언제고 헛짓거리를 하면 한 번에 날려버리거나 멸망전을 펼치기 위함이다.

국가안전보장회의(NSC)는 다각적인 경우의 수를 고려하느라 밤이 깊어가고 있음을 알지 못한다.

한편, 미국 워싱턴도 선불 맞은 멧돼지처럼 이리저리 뛰어다니는 여러 인사들로 인해 몹시 부산스럽다.

김정은의 충격적인 발표는 2017년 1월 26일 오전에 시작되었고, 황병서의 질의응답은 1시간가량 걸렸다.

한편, 평양과 워싱턴의 시차는 14시간이다.

워싱턴 D.C에선 1월 25일 늦은 오후에 기자회견이 마쳐진 것이다. 평소 같으면 느긋한 저녁시간을 즐길 때이다.

그런데 CNN의 긴급보도가 있었고, 백악관은 고위 각료와 3군 수뇌부 등을 긴급히 소집했다.

밤샘 회의가 시작되려는 것이다.

갑작스런 국제정세 변화는 결코 달갑지 않다. 대응책을 수립하려면 많은 시간과 공을 들여야 하는 때문이다.

무엇보다 병력 재배치는 많은 돈이 든다.

그럼에도 북한의 체제 포기는 듣던 중 반가운 소리이다.

동양의 작은 나라가 마치 입안에, 손톱 밑에 박힌 가시처럼 신경 쓰였다.

마음만 먹으면 단숨에 평정 가능하지만 그랬다가는 적지 않은 피해를 입을 수 있어 내버려두고 있었다.

그런데 그냥 놔두면 봐달라고 핵실험을 하고 미사일을 발사하던 국가이다. 수틀리면 욕설도 내뱉고, 지금까지의 모든 협의내용을 전면 취소하기도 했다.

너무나 지랄 맞아서 마냥 내버려둘 수도 없는 계륵만도 못한 국가가 북한이었다.

그런데 알아서 사라져준다니 얼마나 고마운가!

한편, 하인스 킴은 자본주의와 깊게 연결되어 있다.

엄청난 투자로 막대한 수익을 올리고 있는 Y-인베스트먼트가 그 증거이다.

아울러 미국, 영국, 프랑스 등 원전이 있는 모든 나라와 거래를 하고 있거나 할 예정이다.

대부분 자본주의 국가이다.

하인스 킴이 북한 전역을 받아들일지는 알 수 없다. 자칫 밑 빠진 독에 물 붓기 같은 일일 수 있는 때문이다.

산업은 낙후되어 있고, 인프라는 형편없으며, 자원이 있어도 이를 캘 기술력이 없고, 농업은 거의 천수답 수준이다.

그리고 난방 때문에 민둥산이 지천인 곳이다. 이밖에 굶어 죽어가는 국민 2,500만 명이 있다.

지금까지 자존심 하나로 억지로 버텨왔는데 더 이상 견딜 수 없게 되자 나라 전체를 넘기려는 것 같다.

먹고 살 길을 열어주면 당분간은 믿고 따를 것이다. 그런데 인간이란 배부르고 등 따시면 딴생각을 하는 짐승이다.

그래서 머리 검은 짐승은 거두지 말라는 말까지 있다.

다시 말해 언제 돌변하여 쿠데타를 일으킬지 알 수 없다. 하인스 킴은 별다른 세력이나 병력이 없는 개인이다.

따라서 쿠데타가 발생되면 들인 공을 모두 포기하고 도주해야 한다.

어쨌거나 나라 전체를 개인에게 넘기는 일은 인류 역사상 단 한 번도 없었던 기사(奇事)이다. 따라서 지금까지와 같은 공산당 일당 독재는 이어지지 않을 것이다.

그럼에도 급변한 동북아의 정세를 주시해야 한다. 지나와 북한이 사라지면 싸가지 없는 일본은 효용가치가 없다.

한국전쟁으로 말미암은 부를 축적하여 G2에 이르자 일본은 본성을 드러냈다. 강자에 약하고, 약자에 잔인한 본연의 모습을 내비친 것이다.

한국, 미국, 일본 이외의 영국, 프랑스, 독일, 이탈리아, 스페인, 캐나다, 호주 등도 다소 부산스럽다.

물론 그렇지 않은 국가들도 있다. 콩고민주공화국, 벨라루스, 우크라이나, 그리고 아제르바이잔과 러시아가 그러하다.

2017년 1월 26일 오전 5시에 잠에서 깬 블라디미르 푸틴 러시아 대통령은 TV에 시선을 두었다.

평양의 긴급성명을 실시간 중계로 보고 있었던 것이다.

화면 아래엔 김정은의 발표내용이 동시통역 자막으로 표시되고 있다.

황병서가 가볍게 예를 갖추고 기자회견을 마치자 크게 하품을 하고는 전화기를 들었다.

"사샤? 난데 오늘 오전 6시 정각, 아니, 9시 정각에 북한과 관련된 기자회견을 하겠네."

대통령 비서실에서 알아서 소집시키라는 뜻이다.

"네! 대통령님."

사샤 역시 아침 방송을 보고 있었던 모양이다.

덤덤한 얼굴로 자리를 털고 일어난 푸틴은 샤워를 하며 발표할 내용을 가다듬었다. 다음이 그 내용이다.

러시아 정부는 하인스 킴의 북한 접수를 지지하며, 왕국 선포를 열렬히 환영하는 바이다.

개국하면 가장 먼저 수교를 청할 것이며, 양국 간의 선린우호관계가 대대손손 이어지길 희망한다.

아울러 현재의 북한 정부가 내린 크나큰 용단을 반가운 마음으로 치하하는 바이다.

왕국 선포를 환영한다는 것과 수교를 언급한 것은 러시아가 하나의 국가로 인정한다는 뜻이다.

이 발표가 있은 직후 콩고민주공화국과 벨라루스, 그리고 우크라이나 또한 왕국 선포를 지지하며, 수교를 희망한다는 뜻을 밝힌다. 뒤늦게 아제르바이잔도 찬성했다.

한국에선 아직 명확한 입장 표명이 없다.

하인스 킴이 북한을 통치하게 될지 아직 확실하게 정해지지 않았기 때문이라 의견을 내지 못한다는 것이다.

그러면서도 주식시장을 기웃거리는 사람들이 많았다.

Y-그룹 계열사가 혹시라도 상장되어 있다면 그 주식을 사려는 것이다.

북한 면적은 남한보다 넓다. 그리고 매장되어 있는 지하자원은 비교 불가할 정도도 많다.

그리고 압록강과 두만강 건너편은 현재 완전한 무주공산이다. 그냥 가서 말뚝 박고 '여기도 내 땅이다.' 라고 선언하면 그렇게 될 상황이다.

국력이 비교적 약한 몽골은 이 땅에 관심이 없다. 자기네 땅도 어마어마하게 넓은데 인구가 적기 때문이다.

러시아도 마찬가지이다.

사람이 살 만하게 되려면 얼마나 오랜 기간이 지나야 할지, 얼마나 많은 투자를 해야 할지 알 수 없는 땅이다.

그런데 러시아엔 이보다 훨씬 좋은 조건의 땅이 널려 있다. 그러니 조금도 욕심내지 않고 있는 것이다.

어쨌거나 현수가 북한을 거저먹는 것이니 어떤 회사든 상장되어 있다면 분명히 '떡상', 또는 '점상' 이다.

참고로, 떡상은 주가가 급격하게 오르는 것이고, 점상은 '쩜상' 이라고도 하는데 주식시장이 개장하면서 바로 캔들[2] 없이 점으로 표시되는 상한가로 가는 경우이다.

아쉽게도 Y-그룹 계열사 중 상장된 기업이 하나도 없다. 있었다면 당분간 연속 점상을 기록했을 것이다.

피폐된 주식 시장에 핀 한 송이 장미 같을 것이기 때문이다. 참고로, 상한가가 5번이면, 주가는 약 2배가 된다.

한 달이면 현재가×2×2×2×2가 된다. 만 원짜리 주식이었다면 16만 원으로 뻥튀기된다는 뜻이다.

*　　　　*　　　　*

그런데 Y-그룹 계열사의 주가가 어찌 겨우 1만 원에 불과하겠는가! 다음은 하나의 예이다.

<u>방사능 정화를 전문으로 하는 Y-PS의 정화장치 제조 원</u>

[2] 캔들(candle) : 특정시간 동안 거래된 주식의 가격 변동을 보여주는 지표. 양초 같은 모양의 차트이기 때문에 캔들이라고 함

가는 약 100만 원이고, 이를 100억 원에 팔고 있다.

일본은 후쿠시마 원전 관리를 소홀히 한 죄 때문에 해상용 정화장치 10,000개를 주문해야 했다.

총 100조 원이다.

이중 절반은 계약금으로 보냈고, 나머지 절반은 설치 완료와 동시에 Y-PS에서 원하는 화폐로 지불해야 한다.

구매자가 '을', 판매자가 '갑'인 거래이다.

이 장치의 수명은 1년으로 알려져 있다.

그런데 회수하였을 때 디신터봇의 설정을 조작하면 별다른 처리비용 없이 계속 쓸 수 있다.

그리고 모든 휴머노이드는 이 설정을 원격 조작한다. 따라서 수명연장에 필요한 비용이랄 게 거의 없는 셈이다.

일본은 방사능으로 태평양을 오염시킨 대가로 최소 10년간 정화장치를 써야 하는 것으로 알고 있다.

이렇게 되면 총 1,000조 원을 Y-PS에 지불해야 한다.

디신터봇이 어디로 갈 일 없으니 100만 원짜리를 1,000억 원에 파는 셈이다.

그렇다면 하나당 999억 9,900만 원이 순수익이다.

일본만 거래하는 게 아니라 미국, 프랑스, 영국, 이탈리아 등과도 거래를 한다. 그리고 해상용뿐만 아니라 지상용도 있는데 주문이 밀려 있는 상태이다.

부채는 전혀 없고, 선금으로 상품가의 절반을 현금으로 받는 이런 회사의 주가는 얼마나 할까?

2017년 1월 현재 세계에서 가장 비싼 주식은 워렌 버핏의 버크셔해서웨이다. 주당 약 3억 원이다.

Y-PS가 상장한다면 아마도 이 기록을 깰 것이다.

이 회사의 수익률이 대단하다고는 하지만 어찌 Y-PS의 수익율과 비교되겠는가!

그래도 둘을 비교해보면 조족지혈(鳥足之血)을 넘어서 구우일모(九牛一毛) 정도가 될 것이다.

따라서 Y-PS의 주식을 가졌다면 한 달 안에 재산이 16배 이상으로 뻥튀기되는 즐거움을 맛보게 될 것이다.

그런데 상장을 안 했으니 그림의 떡이다.

하여 궁여지책으로 다른 회사 주식을 살펴본다.

이번 북한의 국가 헌납은 그야말로 떼돈을 벌 호재가 분명하다. 따라서 어떤 것을 사든 무조건 오를 것이다.

그런데 씨가 말랐다. 주식시장이 개장되어 있기는 하지만 1일 거래량이 너무나 적다.

현수가 개입하지 않았다면 대한민국 유가증권 시장의 하루 거래량 평균은 약 3억 8,000만 주였을 것이다.

그런데 아무리 봐도 3만 8,000주를 넘지 못하고 있다. 거래량이 10,000분의 1 이하로 줄어든 것이다.

금감원에서 조사한 바에 의하면 에이프릴 증후군과 라돈 사태로 인해 부동산 가격이 폭락하고, 사망이 크게 늘자 국가

봉쇄되었고, 그 영향으로 주가가 폭락했다.

그러자 개인, 기관, 외국인 할 것 없이 패닉 투매를 했다. 묻지 마 손절을 한 것이다. 그런데 아무도 사지 않았다.

하여 주가는 폭락에 폭락을 거듭했고, 매물은 산더미처럼 쌓였다. 거의 매일 사이드카가 발동되었다.

주식시장이 개장되면 바로 15% 폭락으로 향했으니 당연한 조치이다.

그 결과 10,000원 하던 주식의 가치가 1,000원 이하로 내려갈 상황이 되었다. 그러자 기업의 경영진들마저 보유했던 주식을 내던지기 시작했다.

경영권도 중요하지만 회사가 도산하면 그냥 거지가 되니 그 전에 몇 푼이라도 건질 요량이었다.

그래도 매수세가 없어 주가는 1,000원 이하로 떨어졌다. 개인, 기관 할 것 없이 애가 타는 나날이었다.

이날은 대한민국 상장사의 주식 거의 전부가 매물로 나왔던 때이다.

그날 오후 갑작스런 매수 폭풍이 불었다. 그러곤 거의 모든 매물을 싹쓸이해갔다.

금감원에서 확인해보니 자금 사정 풍부한 외국인들이 일제히 저가매수에 나섰던 것이다.

하여 국내 상장사 전부 외국인 소유가 되었다. 다행인 점은 분산이 아주 잘되어 있다는 것이다.

각 기업의 주주 숫자는 200명 이상이고, 대부분 0.5% 미만을 소유했다. 경영에 간섭할 대주주라 할 수 없기에 기존 경영진들은 안도의 한숨을 쉬었다.

그러던 어느 날, 주주들의 권한을 위임받은 변호사가 등장했고, 주주총회가 열렸다.

그 결과는 대대적인 경영진 교체였다. 족벌경영을 하던 기업들 거의 전부가 대상이었다.

경영진뿐만 아니라 그 일가친척까지 쫓겨났고, 빈자리는 전문경영인과 일반 직원들로 채워졌다.

그때 이후로 코스피와 코스닥은 개점휴업 상태가 되었다. 증권사들도 마찬가지이다. 주식 거래가 1만 분의 1 이하로 줄었으니 당연한 일이다.

그나마 거래되고 있는 품목의 공통점은 부실하거나 상장폐지 직전인 기업이라는 것이다. 부도, 도산, 파산, 또는 완전 자본잠식이 목전인 기업들이다.

도로시가 회생이 힘들다 판단했으니 조만간 상장폐지는 물론이고, 폐업의 길을 걷게 될 것이다.

오늘 거래되는 3만 8,000주가 바로 그런 회사의 주식이다.

그럼에도 주가가 치솟고 있다. 통일될 전망이 보인다는 이유 하나만으로 그러는데 웃기는 일이다.

망할 회사는 통일이 아니라 그보다 더한 호재가 있어도 망한다. 오죽하면 도로시가 버렸겠는가!

어쨌거나 대한민국 증권가는 소멸의 길을 걷고 있다.

조만간 거의 모든 상장사가 자진 상장폐지 신청을 할 것이다. 상장을 유지하면 조만간 '여성임원 할당제'의 대상이 될 수 있기 때문이다.

사실 Y-그룹은 외부로부터 자금 수혈이 필요 없다. 돈이 필요하면 100조 원이라도 즉시 증자할 수 있다.

상장을 유지하는 데 필요한 비용 등을 부담할 하등의 이유가 없는 것이다.

어쨌거나 2017년 1월 26일은 현수가 알파고와의 2차 대결에서 9연승을 거둔 다음 날이다.

애초의 약속대로 이날로부터 사흘간 쉬고, 마지막 10국은 1월 29일에 실시될 예정이다.

현수는 지금까지 60억 달러를 땄다.

전액 바하마 계좌에 입금되어 있는 상태이다. 이제 한 번만 더 이기면 대결이 끝나고 50억 달러가 추가된다.

이번 2차 대국에 온 힘을 기울였던 구글과 딥 마인드 개발자들은 현재 정신이 없다.

마지막 대국이라도 이겨서 50억 달러를 반환받으면 10억 달러만 잃는 것으로 끝난다.

그러지 못하고 또 패하면 총 110억 달러를 잃는 것이고, 국제적인 망신을 당하는 것이기 때문이다.

이는 기업 이미지에 결코 좋지 않은 영향을 끼친다.

하여 다음 대결 시작 전까지 시스템을 점검하고 개선하느라 여념이 없는 것이다.

2차 대결 제1국에선 모두의 예상을 깨고 충격적인 10집 패를 당했다. 모두가 이길 것이라 장담했던 대결이다.

딥 마인드 입장에선 가만히 있다가 아주 세게 한 대 맞은 것 같았을 것이다. 너무나 얼얼했을 것이고, 이게 꿈인가 싶을 정도의 파란(波瀾)이었다.

하여 다음 날 오전까지도 패인 분석을 하지 못했다.

첫날엔 알파고가 알아서 제1국을 샅샅이 분석했고, 스스로 딥러닝하면서 실력을 개선해 나갔다.

이어진 2국에서 5국까지는 9집 패, 8집 패, 7집 패, 6집 패로 끝났다. 패하기는 했지만 조금씩 나아지는 듯했다.

그런데 6국에서 9국까지 6집 패, 7집 패, 8집 패, 9집 패로 이어졌다. 이번엔 점점 더 나빠지는 모양새이다.

하인스 킴은 분명한 인간이다.

아무도 해결하지 못했던 수학 난제를 모조리 풀어낸 천재라는 것은 부인하지 않는다.

따라서 상당한 학습 능력이 있을 것으로 추론된다.

하지만 사람인 이상 단기간에 알파고와 같은 딥 러닝 능력을 습득하지는 못했을 것이다.

따라서 알파고가 점점 바보가 되어간다는 느낌이었다.

현수가 알파고를 철저하게 농락한 것이지만 이 세상 어느 누구도 현수가 의도한 대로 되었다고 생각하지 않는다.

그러기엔 알파고가 너무 고수인 때문이다.

한국의 이세돌 9단 외에는 어느 누구도 1승조차 거두지 못했음이 그에 대한 방증이다.

따라서 알파고를 상대로 1승을 챙기는 것만으로도 버거울 텐데 승패의 차이까지 조절할 능력이 있다는 것은 아무도 예상하지 못하는 일이다.

어쨌거나 현수는 9연승을 했고, 도로시는 착실하게 돈을 따고 있다. 지금까지 딴 돈만 300억 달러가 넘는다. 한화로 35조 2,725억 원 이상인 것이다.

한편, 하인스 킴의 10연승에 베팅한 것은 Y—그룹 계열사와 임원 등으로 이루어진 폐쇄펀드와 도로시뿐이다.

베팅은 1구좌당 1,000만 달러이다.

맞히지 못하면 한 푼도 못 건지지만 예상대로 되면 베팅한 금액의 3만 7,445배가 배당된다.

수수료를 제한 금액이 한화로 435조 8,570억 원이다.

Y—펀드에 돈을 넣었던 민윤서, 박근홍, 태정후, 김인동, 곽진호, 주효진, 김승섭 등은 졸지에 돈벼락을 맞는다.

천지건설에서도 200만 달러를 베팅했는데 748억 9,000만 달러로 뻥튀기되어 돌아온다.

한화로 88조 519억 원가량이다.

이 회사의 임직원 수는 약 20,000만 명이고, 계속해서 늘어나고 있다. 해외현장이 계속 생기기 때문이다.

2016년 천지건설의 연간 인건비는 약 1조 3,348억 원이었다. 해가 바뀌면서 새롭게 연봉협상을 한 결과 현재는 약 1조 6,000억 원으로 늘어났다.

연봉을 약 20%나 인상해준 결과이다.

한편, 이번 배당금은 연간 인건비의 55배가 넘는다.

다시 말해 55년 동안 아무런 일도 하지 않고 있어도 월급 밀리지 않고 따박 따박 줄 만큼 큰돈이 들어오는 것이다.

현수는 현재 천지건설의 주식 96.37%를 가지고 있다.

경영진이 배당을 결정하면 85조 1,461억 원을 지급받게 된다. 하지만 배당은 받지 않는다.

대신 한때나마 부도 위기를 겪으면서 마음고생을 했던 천지건설 임직원들에게 상여금부터 지급한다.

(기본급 × 36)이 아니라 (전년도 평균 급여 × 36)이다.

참고로, 지난해 연말에 받은 성과급도 급여에 포함된다. 그리고 작년 성과급은 연봉의 100%였다.

연봉이 6,000만 원이었다면 월급은 500만 원이다. 그런데 연말 성과급으로 6,000만 원을 지급받았다.

이 사람은 1년간 1억 2,000만 원을 받았다. 그럼 평균 월 급여는 1,000만 원이다.

이것의 36배가 이번 상여금이니 3억 6,000만 원을 받게 되는 것이다. 상당한 세금이 공제되겠지만 그래도 어딘가!

아무튼 이런 걸 지를 때는 간 보듯이 찔끔찔끔 할 게 아니라 확실하게 화끈해야 한다. 그래야 임직원들의 가계 재정상황이 획기적으로 개선된다.

금전과 관계된 근심이 없어야 회사에 와서도 열정적으로 일을 하게 된다. 이는 곧장 회사 이익으로 이어지니 괜한 지출은 아닌 것이다.

아무튼 상여금 지급과 동시에 모든 계열사의 부채를 정리한다. 그리고 첨단건설기술 개발에 투자하고, 임직원 수송용 전용기 매입을 한다.

앞으로 천지건설 임직원들은 외국 출장이 잦아진다.

아제르바이잔과 콩고민주공화국, 그리고 슬라브 3국 접경지대와 북한과 만주 등이다.

입출국 규제가 풀렸을 때 명절이나 관광시즌과 맞물리게 되면 여의치 않을 수 있다.

하여 전용기를 도입하려는 것이다.

항공기는 보잉이나 에어버스에서 구매하지 않는다. 괜히 비싼 돈 주고 살 필요가 없기 때문이다.

그리고 당장 필요한 것도 아니다. 하여 이실리프 항공 여객기 사업본부에서 제작한 것을 쓸 예정이다.

참고로, 이 본부는 하얼빈 인근 벌판에 조성될 예정이다. 이곳의 지명은 곧 '안중근시'로 바뀌게 될 예정이다.

물론 흙탕물이 다 빠지고 지반이 다져진 후의 일이다.

엄청나게 오래 걸릴 일 같겠지만 정령들이 나서면 그리 오래 걸릴 일이 아니다. 아무리 넓어도 흙탕물 다 빠지는 데 사흘, 땅 굳는 데 이틀이면 충분하다.

Chapter 08
—
10월 26일의 의미

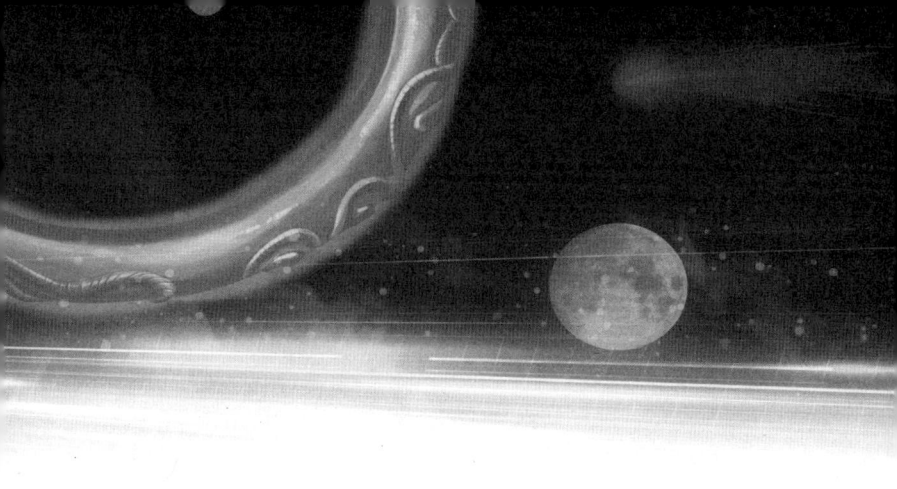

 도시의 명칭을 바꾸는 이유는 굳이 멸망한 지나의 지명을 계승해서 사용해 줄 하등의 이유가 없기 때문이다.
 이실리프 왕국은 지나와 아무런 연관이 없다.
 그리고 국민 중엔 한족(漢族) 유전자를 가진 사람이 아무도 없게 된다.
 아무튼 1909년 10월 26일에 하얼빈 역에서 안중근 열사가 이토 히로부미를 폐사시킨 역사를 잊지 말자는 뜻이다.
 그러고 보니 10월 26일은 한민족과 좋은 인연인 날이다.
 1597년엔 이순신 장군께서 '명량대첩'을 거두셨다.
 1920년에는 김좌진과 홍범도 장군이 이끄는 독립군이 '청

산리전투'에서 승리하셨다.

1979년엔 박정희와 차지철이 중앙정보부장 김재규에 의해 처단된 날이다.

아울러, 원래의 역사대로라면 2016년에는 박근혜 정부 퇴진 운동의 첫 번째 촛불집회가 서울에서 열렸다.

아무튼 이실리프 항공 여객기 사업본부에서 제작되는 비행기에는 여러 첨단기술이 적용된다.

일반 승객들이야 알 수 없겠지만 스텔스 전환장치와 광학 스텔스 기능이 그것들 중 하나이다.

필요에 따라 이 기능을 작동시키면 현존하는 모든 레이더로부터 자유롭게 된다. 적외선 추적도 불가하다. 엔진 배기구에 열 회수 마법진이 있기 때문이다.

하여 피탐 불가상태로 운항된다. 따라서 미사일에 의한 요격 위험이 없다.

다음으로 적용되는 주요 기술은 추락방지장치이다.

정비부주의에 의한 기체 작동불량 또는 기내 폭탄테러 등으로 인해 추락하게 되는 상황이 있을 수 있다.

조종사가 실신 또는 사망하더라도 기체가 실속(失速)되었음이 감지되면 자동운항장치로 전환된다.

기체 손상 또는 연료 부족으로 떨어지는 상황이면 추락방지장치가 작동된다.

그러면 지면으로부터 10m 높이에서 멈추게 된다.

모든 양력(揚力)을 잃고, 엔진 가동이 중단되었더라도 허공에 떠 있는 것이다.

현재의 물리법칙으론 불가능한 일이다. 하지만 반중력 마법진이 활성화되면 충분히 가능하다.

기체가 정해진 고도에서 멈추면 모든 비상구가 열리고 대피용 슬라이더가 펼쳐진다.

비상구는 항공기 크기에 따라 8~12개가 된다. 이 중 가장 안전하게 탈출할 수 있는 슬라이더를 타면 된다.

한편, 기내에서 총을 쏘거나 폭탄을 터뜨리는 행위를 한 테러리스트들은 즉각 테이저건에 의해 제압된다.

기체 곳곳에 설치된 이것은 사각(死角)이 없다. 하여 만석(滿席)이더라도 정확히 겨냥하여 용의자를 제압한다.

일반적인 테이저건은 전압이 5만 볼트이다. 그런데 기체에 설치된 것은 이보다 전압이 높다. 격렬한 전신근육 수축과 감각신경 교란에 의한 고통을 느끼라고 일부러 전압을 높인 것이다.

도로시는 테러리스트가 고전압에 의해 사망하더라도 배후를 캘 필요 충분한 능력이 있다.

생애 전체를 조사하면 관련자 색출이 가능한 것이다.

거미줄같이 얽힌 조직이나 점조직이라 하더라도 도로시가 나서면 대번에 누가 지시한 것인지 확인 가능하다.

그러니 일단 죽을 것 같은 고통을 겪으라는 뜻이다. 그래서 죽기 직전까지 몰릴 정도로 전압을 높인 것이다.

이 항공기의 특장점 중 하나는 연료 소모량이 이전의 12분의 1 이하라는 것이다.

이건 마법이 아니라 미래의 첨단기술이 적용된 결과이다. 이론적으로 얼마든지 메커니즘을 설명할 수 있다.

그래서 콩고민주공화국과 벨라루스, 우크라이나와 러시아, 그리고 아제르바이잔과 바하마 등 우호적인 국가에는 수출할 수 있기에 대외용으로 제작하는 것이다.

이 항공기의 비밀 중 하나는 자체 방어시스템이 있다는 것이다. 일반적인 민항기는 비무장이다. 그런데 이실리프 항공에서 제작되는 것엔 하프늄 1g이 담긴 추살 1호 8개가 장착된다.

TNT 1,102.5kg의 파괴력을 가진 이것은 혹시 있을지 모를 적의 전투기나 미사일 등 비행체를 떨구는 데 사용된다.

위기상황이라 판단되면 도로시가 발사를 제어한다.

어른 팔뚝 굵기이다. 마하 24.5(30,000km/h)이고, 백발백중이다. 걸리면 다 박살 난다는 뜻이다.

더 먼 미래의 기술이 적용된 항공기도 제작할 수는 있지만 이실리프 왕국 내에서만 쓰거나 아예 안 만든다. 세상에 공개하면 안 될 마법과 최첨단을 넘는 기술들이 적용된 때문이다.

공간확장과 경량화마법이 그중 일부이다.

보잉 747-8i에는 좌석이 386개가 있다.

같은 크기라도 이실리프 항공에서 제작하는 것은 좌석이

5,800~7,700석이다. 보잉의 15~20배에 달한다.

부대 단위 중 사단은 병력수가 많아야 15,000명이다.

따라서 이런 여객기 2대만 동원하면 사단 병력 전체를 수송할 수 있다.

당연히 모든 레이더로부터 자유로운 전파 스텔스 기능이 있고, 광학 스텔스 기능도 있다.

게다가 비록 제한적이긴 하지만 워프 기능도 있다.

유사시 20,000㎞ 정도를 1초 만에 이동한다. 현수가 창안한 타깃 블링크 마법 덕분이다. 단 1초 만에 사단병력을 지구 반대편 어디라도 지정된 곳으로 이동시킬 수 있는 마법이다.

따라서 이실리프 왕국과 적이 되면 골치 아플 것이다.

아무것도 없던 곳이었는데 갑자기 완전무장한 이실리프 왕국군이 우글거리는 곳이 되기 때문이다.

한편, 러시아에서 만든 안토노프 An—225는 수송기 중 가장 컸다. 120톤의 화물을 싣고 4,500㎞를 운항했다.

딱 한 대만 제작되었는데 파괴되어 존재하지 않는다.

그래서 현재는 An—124가 러시아가 운용하는 전략수송기 중에서 가장 덩치가 크다.

150톤의 화물을 적재하고 3,200㎞를 운항할 수 있다.

미국 록히드 마틴이 개발한 전략 공수기 C—5M은 127.46톤을 적재할 수 있고, 만재 운항거리는 4,260㎞이다.

그런데 이실리프 항공에서 제작하게 될 마법이 적용된 일반 화물기는 12만 톤의 화물을 적재할 수 있다.

그리고도 500,000㎞ 이상 운항 가능하다.

참고로, 대한민국의 자랑인 K-9 자주포의 전투중량은 47톤이고, K-2 전차는 56톤이다. 12만 톤은 K-9을 2,550문 이상, K-2는 2,140대 이상 적재할 수 있는 무게이다.

참고로, 대한민국 포방부는 K-9 자주포 850문, K-2 전차 100대를 실전 배치한 상태이다.

따라서 이실리프 화물기는 포방부가 보유한 모든 전차와 자주포를 단 한 번에 수송할 능력이 되고도 남는다.

An-124와 C-5M 따위는 비벼보지도 못할 스펙이다. 이러니 일반 화물기로 비교하는 것은 어리석은 짓이다.

중첩된 공간 확장과 경량화 마법 덕분이다.

사실 이보다 더한 것도 제작 가능하다. 현재로선 상상조차 하기 힘든 스펙을 가진 여객기와 수송기 등이다.

만일 현수가 직접 여객기에 아공간 마법을 인챈트 하게 되면 탑승할 수 있는 인원이 무지막지해진다.

겉보기엔 보잉 747-8i 정도지만 내부로 들어가면 20층짜리 빌딩이 충분히 들어설 만큼 높다.

바닥면적은 축구장 3~4개는 족히 들어갈 정도가 된다.

수송기에 아공간 마법을 인챈트하면 보는 순간 입이 딱 벌어질 정도로 화물의 중량과 부피가 늘어난다.

괜히 모든 마법사들의 수장인 것이 아니다.

가볍게 해도 중량 10억 톤, 그리고 부피 10억㎥도 그리 어려운 일이 아니다. 참고로, 현수의 전용 아공간은 100,000㎢ 정도이다. 이를 환산을 하면 약 1,000억㎥이다.

이러니 10억㎥ 정도는 손쉽게 인챈트 할 수 있다.

참고로, 2017년형 그랜저 IG 3.0의 공차중량은 1,630kg이다. 10억 톤은 이 차 6억 1,350만 대 이상에 해당된다.

통계자료에 의하면 전 세계 자동차 누적 등록대수는 2016년 12월 말 현재 약 12억 9,000만 대이다.

현수가 아공간을 인챈트한 수송기 2대면 이것들 거의 전부를 싣고, 3대면 다 싣고도 공간이 널널하게 남는다.

참고로, 다음은 2016년 자동차 판매량 통계이다.

1위	도요타	6,238,429 대
2위	폭스바겐	4,848,683 대
3위	포드	4,665,256 대
4위	닛산	3,620,946 대
5위	현대	3,563,420 대
6위	혼다	3,492,501 대
7위	쉐보레	2,958,719 대
8위	기아	2,446,182 대
9위	르노	1,739,109 대
10위	메르세데스	1,722,831 대
합 계		35,296,076 대

10월 26일의 의미

1위부터 10위까지 판매된 모든 차량의 공차중량을 1,800kg이라고 하면, 총 중량이 약 6,353만 톤이다.

한편, 현수가 인챈트 한 아공간의 용량은 10억 톤이다.

세계 1~10위 자동차 제조사가 15년 이상 판매해야 간신히 채울 수 있는 숫자이다.

이러니 아공간이 설정되어 있는 수송기는 중량과 부피의 제한을 거의 받지 않는 셈이다.

아울러 아무런 연료도 필요치 않다.

소모되는 것은 마나뿐인데 세계수만 있으면 해결된다.

세계수의 영향 범위는 반경 750km정도이다. 따라서 176만 6,250㎢ 정도에 마나를 공급해준다.

이실리프 왕국엔 이 정도 면적을 담당할 세계수들이 곳곳에 성장하게 될 것이다. 현수의 아공간엔 그러고도 남을 만큼 많은 씨앗들이 담겨 있기에 가능한 일이다.

아무튼 미래의 항공기들은 이실리프 왕국에선 별로 쓰지 않았다. 텔레포트와 포탈 마법진이 훨씬 더 용이하고, 안전한 수송 및 이동 수단이었기 때문이다.

  *   *   *

"신사 숙녀 여러분! 세계적인 보컬그룹 다이안을 소개합니다. 큰 박수로 환영해주시기 바랍니다."

"와아아아아~!"

"다이안! 다이안! 다이안!…"

환호와 연호가 뒤섞여 시끌벅적 하지만 모두가 환영하는 표정이다.

이곳은 바하마의 수도 나소 테이블비치에 자리 잡은 바하마리조트의 메인 컨벤션센터이다.

본래는 정원 7,500석으로 설계되어 있던 곳이다.

그런데 공연 관람 신청자가 너무 많아서 부랴부랴 보조의자를 들여놓아 1만 2,000석으로 급조한 곳이다.

그럼에도 만석이고, 서 있는 사람들도 많다.

카운트를 맡았던 임시직원의 보고에 의하면 현재 입장객 수는 1만 4,117명이다.

객석 곳곳엔 아일랜드 데프 잼 레코딩스가 설치한 방송용 카메라들이 서 있다.

이번 공연은 전 세계로 생중계된다. 당연히 엄청난 중계비를 챙기고, 실황공연은 디지털 앨범으로 판매될 예정이다.

이를 위해 연주될 곡들의 저작권자들과 접촉을 했고, 승낙을 받았다. 다이안과 하인스 킴이 연주한다는 말에 고맙다는 말을 듣기도 했다.

지난 며칠, 이곳은 수많은 사람들로 붐볐었다. 관광객도 있었지만 대부분 작업모를 쓴 인부들이었다.

이들에 의해 쓸고, 닦고, 기름 치는 작업이 계속되었다.

그 일이 시작될 무렵 안드레 류 오케스트라 단원들은 말끔하게 단장된 새 객실에서 안도의 한숨을 쉬었다.

전 세계의 모든 이목이 집중되는 바람에 객실 구하기가 하늘의 별을 따는 것만큼 어려웠다.

류는 긴 연주여행에 지친 단원들에게 모처럼의 휴식을 주려고 했는데 미처 숙소 예약을 하지 못했다.

원래 목적지가 아니기 때문이다.

처음엔 플로리다로 가려 했는데 세인들의 관심을 끌고 있는 알파고와 하인스 킴의 대결이 벌어진다니 휴양 겸 구경을 하려고 방향을 틀었던 것이다.

많은 기자와 리포터 등이 몰려들 것은 충분히 예상된 일이다.

그래도 이름난 관광지이기에 숙소 구하는 게 어렵지 않을 것이라 생각하였다.

* * *

그런데 호텔과 리조트 등 모든 숙박시설이 만실이었다.

인맥과 안면으로 룸을 구하려 했지만 돈을 아무리 많이 줘도 불가능하다는 대답을 들었다.

체크인한 사람들이 룸을 비워줄 리 만무하기 때문이다.

호텔과 리조트 등에서는 2차 대국이 끝나야 가능할 것이라는 실망스런 대답을 했을 뿐이다.

당장 잠잘 곳을 구할 수 없어 매우 난감했다. 행정을 담당하는 직원들을 채근해봤지만 뾰족한 수가 없었다.

하여 다음 공연지인 부에노스아이레스로 향하려 하였다.

그러던 차에 아일랜드 데프 잼 레코딩스의 부사장 올리버 캔델로부터 전갈이 왔다.

1월 26일과 27일에 다이안과 하인스 킴의 합동공연이 있을 예정인데 연주를 맡아줄 수 있느냐는 내용이다.

다이안은 이미 세계 최고라는 수식어가 붙을 만큼 성공한 그룹이다. 무려 여섯 곡이나 빌보드와 전 세계 거의 모든 음악차트 1위에 올랐으니 당연한 일이다.

한편, 하인스 킴은 세계 최고의 부자이며, 투자자이고, 연주자이며, 수학자이다. 이밖에도 여러 형용사가 있어야 간신히 설명될 인물이다.

만나서 얼굴을 한 번 보거나 악수를 하는 것만으로도 영광이라고 생각해야 할 매우 핫한 인물이다.

워렌 버핏은 매년 자신과 점심 한 끼를 먹으면서 이런저런 이야기를 나누는 것을 경매에 붙인다. 낙찰된 금액은 전액 빈민구제단체에 기부된다.

낙찰가는 11억~39억이었고 평균 20억 원 정도였다.

얼마 전, 어느 오지랖 넓은 기자가 역대 낙찰자들을 찾아가 하인스 킴과의 점심에는 얼마는 쓸 것이냐고 물었다.

10월 26일의 의미 175

그들이 제시한 평균가는 1,100억 원이었다. 이는 워렌 버핏의 그것보다 28~100배 많은 금액이다.

올리버 캔델은 이번 공연이 성공리에 마쳐지면 오케스트라 단원들과 다이안, 그리고 하인스 킴 일행만 참석하는 식사를 할 가능성이 있다고 했다.

당연히 쌍수를 치켜들며 환호해야 하는 일이다. 하지만 아무것도 없는 맨땅에서 자면서 할 수는 없는 노릇이다.

그럼에도 하인스 킴과의 만남을 거절하는 게 못내 마음에 걸렸다. 하여 머뭇거리는데 숙식제공이란 조건이 붙었다.

허름한 원주민 숙소가 아니라 아직 개장도 안 한 리조트의 스위트룸이라고 했다.

불감청일지언정 고소원이다. 어찌 이를 거절하랴!

대번에 고개를 끄덕이고는 리조트로 향했다.

이번 합동공연 준비 때문에 몹시 부산스런 모습이었지만 객실 상태는 예상을 초월했다.

A급을 넘어 S급이었고 모든 것이 완전 새삥이다.

이번 공연에 동행한 단원은 144명이고, 행정 및 조보요원들의 숫자는 39명이다.

안드레 류 포함 184명인데 리조트에서 파견한 서빙 담당은 46명이나 배치되어 있다. 정확히 4인당 하나꼴이다.

스스로를 서포터라 칭한 이들은 무엇이든 요구하든 최선을 다해 돕겠다는 말을 했다.

이에 장난삼아 각종 요리를 주문해봤다. 총 92가지이다. 시장하기도 했지만 각자의 고국 음식이 그리웠던 것이다.

30분 후, 모든 준비가 되었다는 말을 듣고 다이닝룸으로 향했던 단원들은 입을 딱 벌렸다.

요구했던 모든 음식이 정갈하게 차려져 있었던 것이다. 음식은 맛이 있었고, 음료와 알코올은 최고급이었다.

잠자리 또한 아주 편안했다.

다음 날 아침, 식사하러 모였던 단원들은 이렇게 먹이고 재워줬으면 그에 대한 보답을 해야 한다고 했다.

더군다나 세계 랭킹 1위인 다이안과 하인스 김이라는 불세출의 위인과의 합동공연이다. 어찌 소홀히 하겠는가!

하여 안드레 류 오케스트라 단원들은 전력을 다해 이번 레퍼토리들을 연습하고 또 연습했다.

문제는 생전 처음 접하는 한국 가요였다.

이를 오케스트라가 어찌 연주할지 고심하고 있을 때 아일랜드 데프 잼 레코딩스의 올리버 캔들이 악보를 보내왔다.

이번 공연을 위해 준비한 것이다.

안드레 류 단원들의 악기에 딱 맞춘 악보를 보며 맹연습을 했고, 오늘 그 첫선을 보이게 된 것이다.

"오늘의 첫 곡은 여러분들도 다 아시는 To Jenny입니다. 다 함께 이 공연을 즐겨주시길 바랍니다."

지휘봉이 힘차게 내려지고 전주가 시작되었다.

♪♫~ ♪♪♪… ♪♫♬ ♪♪…

 가장 먼저 등장한 것은 리더인 서연이다. 사람의 심금을 울리는 묘한 음색으로 세인들의 사랑을 받고 있다.
 그다음은 연진, 세란, 정민, 예린의 순서로 등장하며 각자의 파트를 불렀고, 모두가 함께한 후엔 특유의 하모니가 시작되었다.
 "~ 그래서 너를 사랑해~!"
 곡이 끝나자 모든 관중들이 기립했다.
 "와아아아아아아아~!"
 "Bravi! Bravi! Bravi! Bravi!…!"
 짝짝짝짝짝짝짝짝!…
 "다이안! 다이안! 다이안! 다이안!…"
 "우, 웃, 빛, 깔! 다이안! 우, 웃,   , 깔! 다이안!…"
 우레와 같은 박수와 함께 연호와 함성이 터져 나왔다. 안드레 류 역시 손뼉을 치며 고개를 끄덕인다.
 라이브로 들은 이번 연주가 너무나 좋았던 것이다.
 현수는 며칠 전부터 다이안의 프로듀싱을 맡았다. 호흡과 창법, 자세 등 전반적인 교정을 했던 것이다.
 새로 배운 호흡법은 마나호흡이다. 이 호흡을 하면서 노래 부르는 것은 결코 쉽지 않다. 그럼에도 현수의 지시를 착실히 따랐고, 결국 원하는 대로 되었다.

사흘 전, 현수는 멤버들을 불러 각자에게 목걸이 하나씩을 걸어주었다. 아공간에 있던 다이아몬드를 세팅한 것이다.

모두 같은 크기이고, 같은 디자인인데 색깔만 다르다.

서연은 투명, 세란은 옐로우, 정민은 블루, 연진은 오렌지, 마지막으로 예린은 그린이다.

다 만들어놓고 보니 미국의 유명 보석상인 티파니가 창립 175주년을 기념으로 만들었던 것과 유사했다.

목걸이의 메인은 150캐럿짜리 무결점 다이아몬드이다.

알의 주변은 36개의 에메랄드와 사파이어, 루비 등으로 장식되어 있다. 보석 하나하나가 적어도 2캐럿 이상인지라 아주 화려한 느낌을 준다.

줄은 백금과 미스릴을 섞어 제작했다.

이 줄엔 듀러빌리티(durability) 마법진이 그려져 있다. 하여 양쪽에서 중장비로 잡아당기지 않는 한 끊어지지 않는다.

이 줄엔 108개의 브릴리언트커트로 제작된 다이아몬드들로 엮여 있다. 각각 1캐럿이 넘는지라 조명을 받으면 영롱하게 빛난다.

현수가 추정한 가격은 대략 300억 원이다. 하지만 500억 원을 준다고 해도 절대로 팔면 안 된다.

150캐럿짜리 다이아몬드를 잡아주는 베젤(bezel)엔 여러 개의 마법진이 새겨져 있다.

하지만 눈에 보이지는 않는다. 너무 작아서가 아니라 시크리션(secretion) 마법으로 은닉한 때문이다.

메인은 임플로빙 이뮤너티(Improving immunity)와 바디 리플레시(Body refresh), 그리고 안티 퍼티그(Anti-fatigue)마법진이다.

각각 면역력을 향상시키고, 모든 피로를 해소시키며, 피로물질 생성을 극도로 제한하는 효능이 있다.

이밖에 마나공명(Mana-resonance) 마법진도 있다.

마나호흡을 하며 노래를 부르면 공명현상이 발생케 하는 것으로 듣는 이들의 지친 몸과 마음을 부드럽게 어루만져주는 효능이 있다.

하여 이전처럼 그냥 노래 부르는 것과 비교하면 약 10배 정도 더 치유효능을 상승시켜준다.

이 모든 마법들이 제대로 구현되게 하는 마나 집적진은 기본이다.

각각의 마법진은 점보다 약간 클 정도로 작지만 확대해보면 그 정교함에 다들 놀랄 정도가 된다.

아무튼 효능은 확실하다.

객석에는 약간 피로해 보이던 인물 몇몇이 있었고, 병색이 완연하던 이들도 있었는데 차츰 나아지고 있다.

이는 오케스트라 단원이라 하여 다를 바 없다. 지난 며칠간 밤낮을 잊고 연습에 매진하느라 피곤이 쌓여 있었다.

그런데 지금은 괜찮은 컨디션인 것으로 보인다.

아무튼 단원들이 보면대(譜面臺)의 악보를 넘기자 포디움에 있던 안드레 류의 지휘봉이 힘차게 휘저어진다.

두 번째 곡인 First meeting의 전주가 시작되었다.

♪ ♪ ♪ ♪ ♫ ♬ ♩ … ♬ ♩ ♪ ♫ …

관객들은 숨죽인 채 집중하고 있다. 다들 이 노래를 알고 있지만 아무도 따라 부르지 않는다.

사전에 실황녹화 및 녹음이 되어 디지털 앨범으로 발매될 것이니 정숙을 요구했는데 잘 따라주고 있는 것이다.

첫 만남이 끝나자 또 우레와 같은 박수가 터져 나온다.

"와아아아아아! 다이안! 다이안! 최고다 다이안!"

짝짝짝짝짝짝짝짝짝짝~!

"와아! 너무 잘한다. 너무 잘해!"

잠시 후 멤버들이 호흡을 고른 것을 확인한 서연은 안드레 류에게 시선을 주며 고개를 끄덕인다.

준비되었으니 다음 곡을 시작하자는 의미이다.

몇 초 후, 지휘봉이 허공을 휘저었고, 세 번째 곡인 잠자리와 나비가 연주되기 시작하였다.

♪ ♫ ♬~ ♬ ♪ ♫ ♩ ♫ ♬~

10월 26일의 의미 181

경쾌한 리듬의 댄스곡이 시작되자 관객들 모두 박자에 맞춰 고개를 끄덕인다.

세 번째 곡의 연주가 끝난 후에도 환호와 연호가 이어졌다. 다이안 멤버들은 공손히 허리 숙여 답례를 하곤 무대 뒤로 빠져나갔다.

"다음에 소개할 아티스트는 대한민국의 Y-엔터테인먼트에서 야심차게 준비시킨 걸 그룹입니다. 오늘 이 자리가 데뷔무대이며, 첫 번째 공연이죠. 그래서 영광입니다."

관객들은 호기심 어린 표정으로 곧 등장할 아티스트들을 고대했다.

"소개드립니다. 그룹 플로렌(Floren)입니다."

안드레 류의 소개가 끝나자 핀 포인트 조명 하나가 아티스트 출입구 쪽으로 이동한다.

"이번에 발표할 곡명은 라틴어로 '빛'이라는 의미를 가진 LUX입니다. 이곡도 하인스 킴 작사, 작곡입니다."

안드레 류가 이야기하는 동안 플로렌 멤버들이 등장했다.

LUX는 한 줄기 빛이 되어 어둠으로 잠식된 세상을 환히 밝히고 싶다는 내용의 가사이다.

다소 심오하다 느낄 수 있지만 통통 튀는 멜로디가 인상적이며 한 번만 들어도 저절로 흥얼거리게 하는 후렴구가 특색인 곡이다.

무대에 등장한 플로렌은 정중히 고개 숙여 예를 갖췄다.

실황녹음을 하는지라 '안녕하세요, 플로렌입니다.' 같은 소개의 말도 하지 않았다.

전주가 끝나고 노래가 시작되었다. 조금 전 다이안과 당연히 비교되는 무대이지만 조금도 떨지 않는 듯하다.

플로렌은 2015년에 데뷔하였는데 2번의 방송활동, 3번의 길거리 공연, 그리고 2개의 안무 동영상만 남긴 채 무대에서 멀어진 비운의 그룹이다.

소속사는 데뷔 2개월 만에 손을 놓았다.

뮤직비디오에 담았던 사회비판에 앙심을 품은 더러운 정치세력의 부당한 압력에 굴복했던 것이다.

상당기간 아무런 활동도 없이 식물처럼 존재했는데 오늘 팀명을 플로렌으로 바꾸고 재데뷔한다.

이 무대를 위해 구슬땀을 흘리며 안무동작을 맞췄고, 목이 쉴 때까지 연습에 연습을 거듭했다.

혹시라도 무대에서 실수를 할까 싶어 온갖 상황을 상정하고 연습했다.

대한민국 양궁대표팀이 압박감을 주는 환경을 극복하기 위해 야구장 관객석에서 연습했던 것과 비슷하다.

그래서 그런지 본래의 실력을 확실히 뽐내고 있다.

Chapter 09
—
어떻게 할 겁니까?

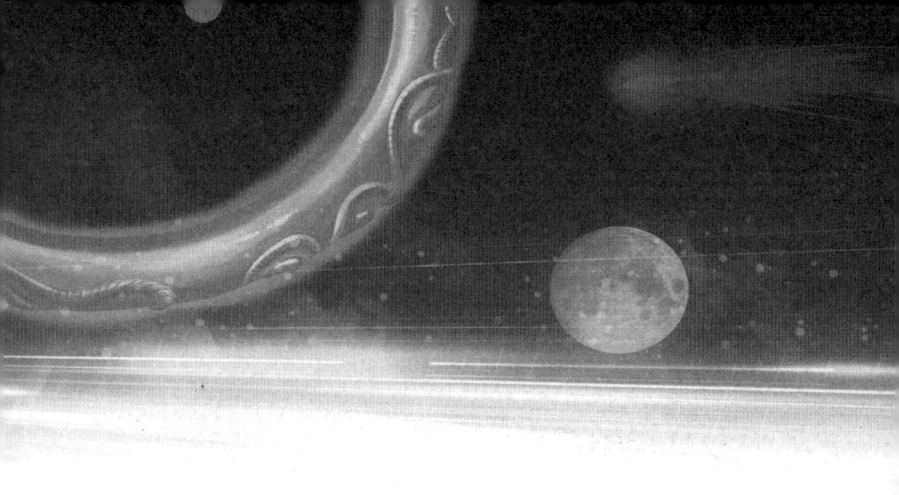

LUX는 미래에 크게 히트할 곡을 현재에 맞춰 편곡한 것이다. 이 작업은 도로시가 했다.

그래서 한번 들으면 헤어나기 힘든 중독성뿐만 아니라 탁월한 멜로디 라인과 독특한 비트를 가졌다.

관객들은 숨죽인 채 플로렌의 무대에 집중했고, 카메라들은 멤버들을 클로즈업하여 세계인들에게 각인시켜 줬다.

그렇게 노래가 끝났다.

"와아아아아아아아!"

짜짝짝짝짝짝짝짝짝~!

"엄청 잘한다! 노래 잘 부른다. 멋지다!"

어떻게 할 겁니까? 187

"Bravi! Bravi! Bravi! Bravi!…"

"오늘부터 니들 팬이다. 플로렌 만세!"

"역시 Y-엔터…! 어디서 이런 실력자들을…!"

인류 역사상 최초로 45억 명이 지켜보는 무대에서 데뷔하는 영광을 누린 멤버들은 상기된 표정이다.

노래가 힘들어서가 아니다.

가슴 깊은 곳에서 차오르는 벅찬 희열 때문이다.

멤버들은 서로를 마주 보고 환히 웃는다. 그런데 눈에는 영롱한 이슬이 맺혀 있다.

제법 긴 기간 동안 무명 비슷하게 지내왔던 억울함이 해소되면서 저도 모르게 스며 나온 눈물이다.

멤버들은 아주 정중히 고개 숙여 예를 갖췄다.

"감사합니다. 감사합니다!"

"잘했다, 잘했어! 플로렌 만세다."

"플로렌 멋지다. 꼭 기억해줄게."

관객들의 반응은 매우 호의적이었다.

우레와 같은 박수를 받으며 플로렌이 물러났다. 아주 성공적인 데뷔 무대였고 세계인들에게 깊은 인상을 심어줬다.

같은 순간, 플로렌의 데뷔무대를 보고 있던 김동철은 먹고 있던 피자를 던지듯이 내려놓는다.

"이런 미친…!"

정치권의 외압을 이기지 못해 플로렌을 포기했던 연예기획사의 대표이다.

화면에 잡힌 플로렌 멤버들은 가창력이 한껏 끌어 올려진 듯하다.

데뷔나 마찬가지이니 풋풋해야 함에도 노련미가 느껴질 정도이다.

미모는 또 어떤가!

연예기획사에서 연습생들을 받아들일 때 가장 먼저 고려하는 것이 외모이다.

너무 못생겼거나, 뚱뚱하면 일단 제외된다.

가창력이 발군인 경우엔 성형을 해서라도 개선의 여지가 있어야 선발한다. 그렇지 않으면 가차 없다.

예쁘고, 몸매 좋은데, 노래까지 잘해야 연습생이 된다.

그러고도 치열한 연습생 생활을 모두 견뎌내야만 간신히 데뷔조에 들어갈 수 있다.

하지만 그렇게 해서 데뷔한다 해도 모두가 성공하는 것은 아니다.

정말 운이 따라야 세인들의 이목을 집중시키게 되고, 스타로 성장하는 것이다.

플로렌은 모든 경쟁을 이기고 데뷔를 했다.

그런데 운이 없었는지 '높은 사람들'이라 쓰고 '개만도 못한 쓰레기들'이라 읽는 것들의 눈에 거슬렸다.

그들의 실정(失政)과 과오(過誤)를 은유적으로 비판했는데 누가 봐도 금방 연상할 정도로 교묘했기 때문이다.

하여 즉각 활동을 자제시키라는 협박이나 다름없는 외압을 가했다.

당시의 김동철은 계산을 해봤다. 그러곤 즉각 플로렌의 활동을 정지시켰고, 방치했다.

많은 돈을 들여 데뷔시키긴 했지만 강행했을 때 받을 불이익이 너무나 두려웠던 것이다.

정치권은 말 잘 듣는 김동철에게 상을 줬다. 같은 소속사 보이그룹의 방송활동을 늘려준 것이다.

그런데 그 기간은 길지 않았다. 실력도 인기도 별로였는데 경쟁력마저 없었으니 당연한 결과이다.

이후 연예기획사의 규모는 점점 쪼그라들었다. 결국 직원들을 모두 내보내고 혼자서 매니저 겸 대표로 활동했다.

그러다 보이그룹마저 위태위태해졌다. 후속곡 발표를 했으나 대중들이 무관심했던 것이다.

게다가 멤버 중 하나가 학창시절에 일진이었다는 사실이 드러나 사회적 지탄 대상이 되었다.

이에 학교폭력 피해자들을 일일이 찾아다니며 사과하는 한편, 빼앗았던 금품을 되돌려주고 있었다.

그런데 지나인 멤버가 계약 파기를 선언하고 무단으로 귀국했다. 눈 내린 데 서리까지 내린 격이다.

결국 나머지 멤버 중 둘은 입대하였고, 하나는 프랜차이즈

커피숍이나 운영하겠다고 떠났다.

아직 이들에게 들인 돈조차 회수하지 못한 김동철은 어떻게든 막아보려 하였으나 결국 무산되었다.

결국 보이그룹은 역사 속으로 사라졌고, 학교폭력 가해자였던 멤버는 사회적인 매장을 당했다.

김동철은 상당한 빚을 지게 되었지만 재기를 꿈꾸며 연습생들을 물색하고 있다.

그런데 요즘 누가 영세 기획사의 꼬임에 빠지겠는가!

그저 인터넷으로 검색 한 번만 해보면 온갖 정보가 확인된다.

어떤 기획사가 노예계약을 강요하는지, 대표의 인성이 쓰레기만도 못한지 등등을 알 수 있는 것이다.

하여 김동철이 허름한 사무실에서 식은 피자로 허기를 때우는 지경까지 내려온 것이다.

오늘 이 방송은 보고 싶어서 보는 것이 아니다.

대체 다이안의 어떤 점이 세계인들의 이목을 집중시키는지 타산지석으로 삼으려 켠 것이다.

그런데 갑자기 플로렌이 나온다. 완전 미운 오리 새끼였었는데 모두 늘씬한 백조가 되어 등장했다.

걸치고 있는 의상은 물론이고 목걸이와 반지 등 무엇 하나 예사로운 것이 없다.

완전 럭서리하게 변모한 것이다.

하인스 킴 작사, 작곡인 것으로 발표된 LUX는 과연 명불허전이었다.

딱 한 번 들었음에도 후렴구가 귓전을 맴돈다.

45억 명이 시청하는 어마어마한 무대에서 데뷔한 플로렌은 이제 꽃길만 걸을 것이란 느낌이다.

김동철은 배가 몹시 아팠다.

그러다 문득 떠오르는 상념이 있어 캐비닛 속을 뒤졌다. 이내 계약서들을 꼽아둔 클리어파일을 찾을 수 있었다.

플로렌의 계약기간은 10년이고, 회사 대 아티스트의 수익분배는 9 : 1로 되어 있다.

특약사항을 보니 멤버들은 회사가 요구하는 어떠한 무대든 군말 없이 올라 성실히 공연해야 함도 있다.

아울러 곡에 대한 전권을 회사가 가진다.

그리고 수익이 발생하면 가장 먼저 회사의 투자금부터 회수한다. 그 비용은 회사의 장부 기준이다.

전형적인 노예계약이다.

아무튼 계약기간은 2014년 12월 1일부터 2024년 11월 30일까지로 기록되어 있다.

김동철은 갑자기 아드레날린이 분비되는 느낌이었다.

계약기간이 널널하게 남았으니 플로렌에 대한 소유권은 본인이 가지고 있다. 그렇다면 돈방석에 앉을 것이란 생각이 스친 것이다.

하여 흥분된 표정으로 다음 장을 넘겼더니 포기각서가 꽂혀 있다.

김동철 본인이 자필로 기록한 것으로 '플로렌에 관한 모든 권리를 포기한다'는 것이 주된 내용이다.

뮤직비디오가 배포되고 얼마 지나지 않아 누구나 알 만한 여권 인사로부터 전화가 왔다.

감히 걸그룹 따위가 정부를 비판하는 뉘앙스를 풍기는 뮤비를 만든 것이 역린이라도 건드린 듯 아주 지랄했다.

플로렌은 얼굴도 예쁘지만 재능도 있다. 하여 금방 뜰 수 있는 그룹이라 생각했다.

그런데 즉각 활동을 정지하고 뮤비를 내리라 하였다.

그러지 않으면 세무조사 등 강도 높은 조사 내지 수사를 받을 것이라는 압력을 받은 것이다.

김동철은 연예기획사를 하기 전에 폭력조직의 일원이었다. 폭력과 사기 전과가 있는 전과 2범이다.

그리고 드러나지 않은 범법행위가 더 있다. 교도소 생활을 했던 김동철은 겁을 먹었다.

하여 어찌할지 고심했다.

이를 모르는 멤버들은 다음 스케줄을 위한 연습을 하고 있었다.

사흘을 꼬박 고민한 김동철은 플로렌 멤버들을 불러놓고 이 각서를 썼다.

"이제 너희들은 우리 회사와 아무 연관이 없다. 그러니 지금 즉시 숙소에서 짐 빼고, 각자 알아서 갈 길 가라."

멤버들이 매달려 이게 무슨 일이냐며 울고불고했지만 김동철은 안면몰수 하고 매몰차게 쫓아냈다.

"얘들아, 우린 이제 끝이라니까! 이제 더 이상 너희를 볼 일 없으니 어서 가라, 가!"

졸지에 강제로 짐을 빼게 된 멤버들은 일단 고시원으로 옮겨 갔다.

데뷔할 때 집에 큰소리친 게 있기 때문이고, 이대로는 못 끝내겠다는 오기가 발동한 것이다.

인원이 많아 방 2개를 얻었다. 진짜 허름해서 금방이라도 무너질 듯했지만 어쩌겠는가! 이곳이 가장 저렴했다.

한 방엔 2명, 다른 한 방엔 3명이 머물렀다. 2평짜리 방이니 짐을 풀어놓으면 둘이 머물기에도 좁았다.

그래도 할 수 없다.

이마저도 멤버들이 갖고 있던 반지나 목걸이를 팔아서 간신히 한 달 치를 내고 입주한 것이다.

짐을 풀자마자 곧장 카페, PC방, 편의점, 분식집 등에서 아르바이트를 시작하였다.

다행히 미모와 몸매가 받쳐줘서 일자리 구하는 건 그리 어렵지 않았다.

낮에는 일을 하고, 밤이 되면 고시원 옥상 또는 노래방 등에서 노래 연습을 하며 활로를 노렸다.

하지만 세상은 몹시도 차가웠다. 연예기획사의 지원 없이 방송활동을 하는 건 언감생심이다.

한물간 퇴물 취급을 받았고, 거들떠보지도 않았다.

누군가는 술집 접대부 또는 오피걸을 하면 쉽게 돈을 벌 수 있다며 유혹하기도 했다. 몸을 팔라는 뜻이다.

눈물이 앞을 가릴 정도로 서러웠지만 참고 견뎌냈다.

유명 걸그룹이 될 거라는 꼬임에 넘어가 고교를 중퇴하고 연습생 생활을 시작했다.

그런데 그만두고 나면 그냥 중졸 학력이다. 아무런 쓸모도 없는 잉여인간 취급을 받게 될 것이 뻔했다.

아마 현수가 손길을 뻗지 않았다면 얼마 못 가고 흩어져서 각자의 삶을 살게 되었을 것이다.

잠시라도 연예계 생활을 했다. 화려하고 주목받는 삶을 살았으니 평범한 삶을 사는 것조차 힘들었을 것이다.

아무튼 조연 부사장은 수소문 끝에 플로렌 멤버들을 만났고, 영입 제안을 했다.

Y-엔터는 다이안을 보유한 연예기획사이다.

상장을 안 해 정확한 가치 추정은 어렵지만 연예계에선 원탑 기획사로 평가하고 있다.

어찌 이런 기회를 놓치겠는가!

계약서를 보자마자 펜을 들었다.

그러자 내용을 읽지 않고 싸인하는 건 바보들이나 하는 짓이라면서 찬찬히 읽어보라고 시간을 주었다.

멤버들은 머리를 맞대고 계약서를 살폈다. 그런데 조건이 너무 좋다.

'이거 혹시 우리를 잡아다 팔아먹으려는 사기가 아닐까?' 라는 의심을 할 정도로 좋은 조건이었다.

한국의 어느 연예기획사에서 데뷔하든 못 하든 모든 연습생에게 월급을 지급하는가!

게다가 주거지도 제공한다.

아침, 점심, 저녁을 뷔페로 즐기는 건 기본이다.

데뷔 후 발생된 수익은 최소 5 : 5에서 최대 9 : 1로 분배한다. 전자는 아티스트, 후자가 회사의 몫이다.

이 정도면 땅 파서 장사하는 거라면서 이게 사실이냐고 몇 번이나 되물었다.

조연 부사장은 Y-인베스트먼트부터 시작하여 Y-그룹 계열사들과 언론에서 추정하고 있는 하인스 킴의 개인재산에 대한 이야기를 해줬다.

세계적인 그룹이 된 다이안이지만 그들의 1년 수익이 대표의 하루 이자만도 못하다는 대목에 다들 입을 딱 벌렸다.

이때는 개인재산이 약 6,000억 달러였을 때이다. 당시 산업은행의 정기예금 금리는 연 1.6%였다.

그때의 6,000억 달러는 한화로 705조 4,500억 원이다.

따라서 이를 전액 산업은행 정기예금으로 예치한다면 연 11조 2,872억의 이자가 발생된다.

한편, 미국 경제전문지 포브스가 선정한 '2016년 30세 이하 유명인 수입 톱 30'에 한국인 아티스트로는 유일하게 '빅뱅'이 이름을 올렸다.

* * *

연간 4,400만 달러(517억 3,300만 원)를 벌어 13위에 랭크되었다.

이는 미국 대표 보이그룹의 최대 연간 수입을 뛰어넘는 금액이다.

아무튼 하인스 킴 대표의 1년 이자 수입은 빅뱅이 올린 매출의 약 220배에 달한다.

손가락 하나 까딱하지 않고 숨만 쉬고 있어도 발생하는 이자수입이다.

그런데 하인스 킴은 세계 최고의 투자자이다. 연 1.6% 정도인 낮은 은행 이자 따위엔 관심이 없다.

2017년 1월 26일 현재 현수의 개인재산은 1조 3,200억 달러로 불어나 있다.

불과 7개월 사이에 2배 이상 뻥튀기된 것이다.

이런 사람이 세운 연예기획사인데 어찌 아티스트들의 빵

부스러기 같은 수입에 관심을 갖겠는가!

플로렌 멤버들은 즉각 계약서에 싸인을 했고, 그 결과가 오늘의 데뷔이다.

대기실로 되돌아간 멤버들은 믿을 수 없는 현실에 감격하여 눈물바다를 이루고 있었다.

'고생 끝, 행복 시작!' 이라는 말이 떠올랐던 것이다.

"우리 잘하자."

"그럼, 나는 대표님께 엎드려서 절이라도 하고 싶어."

"나도, 나도! 다 대표님 덕분이야."

"그래. 해체 위기였는데 계약해주신 것만으로도 고마운데 곡도 써주시고, 이런 큰 무대에 세워주셨잖아."

"우리 대표님 대기실로 가볼까?"

"아서라! 오면서 살짝 엿보고 왔는데 연습 중이셔."

"그래! 이따 다 끝나면 그때 다 같이 큰절 올리자."

"그래, 그래! 근데 두 번 하면 안 된다. 알지?"

"알아! 그건 죽은 사람한테 하는 거잖아."

플로렌 멤버들이 의기투합하고 있을 때 다이안의 공연이 시작되고 있었다. 네 번째 발표곡인 '나만의 그대' 이다.

서정적인 락 발라드인 이 곡의 특징은 경쾌하면서도 멜로디 라인이 심금을 후벼판다는 것이다.

90년대에 히트한 락 발라드는 주니퍼의 하늘 끝에서 흘린 눈물, 더 크로스의 D'ont cry, 임재범의 그대는 어디에, 이승

철의 말리꽃, 조성모의 To heaven 등을 꼽을 수 있다.

"와아아아아아아~!"

"명, 불, 허, 전, 다, 이, 안!"

짜짝짝짝짝짝짝짝짝짝~!

"잘한다! 휘이이이익─!"

박수와 환호, 그리고 휘파람 소리까지 어우러져 한바탕 잔치 같은 기분이 들게 한다.

무대 바로 뒤쪽에 뮤직비디오가 방영되는 동안 양쪽 옆에 한글, 영어, 불어, 독어, 스페인어, 이탈리아어 자막이 흘러 노래의 의미가 확실히 전달된 때문이다.

"다음 곡은 다이안 3집에 수록된 '겨울비 나리는데' 입니다. 일 년 내내 여름인 이곳에선 누리지 못할 서정을 느껴보시기 바랍니다."

안드레 류의 지휘봉이 허공을 긋자 선율이 흐른다.

♫ ♪ ♬ ♩. ♪ ♩ ♬ ♪ ♪ ♩ …

열대에서만 사람들에겐 그저 서정적인 곡이라는 느낌이겠지만 눈 오는 겨울을 경험한 사람들은 사방 하얀 벌판에 겨울비가 내리는 풍경이 떠오른다.

"와아아아아아아~!"

"다이안 최고다! 명, 불, 허, 전, 다이안!"

어떻게 할 겁니까? 199

짜짝짝짝짝짝짝짝짝~!

"휘이이이익―! 끝내줬다. 너무 좋았어."

또 환호와 휘파람 등으로 잠시 소란스러웠다.

안드레 류는 서연과 시선을 맞췄다.

다음 곡을 부를 준비가 되었느냐는 무언의 질문이다. 이에 서연은 고개를 끄덕인다.

이번 연습을 하는 동안 현수로부터 체력에 관한 이야기를 들은 바 있다.

지금까지는 겨우 여섯 곡만 발표했지만 시간이 흐르면 점점 더 많아질 것이라 하였다.

딱 100곡을 발표하면 기념공연을 하자고 하였다. 데뷔곡부터 마지막 곡까지 순서대로 다 부르자 것이다.

문제는 체력이다.

곡당 4분이라면 400분 동안 노래해야 한다. 6시간 40분이면 관객을 물론이고, 연주자들도 생각해야 한다.

중간에 화장실도 다녀와야 하고, 뭐라도 먹어야 한다. 물론 멤버들의 휴식시간도 필요하다.

이런저런 시간을 다 합치면 8~10시간짜리 공연이 될 것이다.

그 긴 시간 동안 서 있는 것만으로도 힘들다. 그러니 운동을 게을리하지 말라고 하였다.

"와아! 우리가 200곡을 발표하면 아예 하루 종일 노래를 불러야 하는 거네."

"그러게! 근데 가능할까?"

"뭐가? 하루 종일 노래 부르는 거?"

"아니! 우리가 200번째 곡을 발표하는 거."

"난 하루 종일 노래 부르는 한이 있어도 200번째 곡을 발표했으면 좋겠어."

"그건 나도 그래!"

"근데… 200곡을 완창하는 게 가능할까?"

800분이면 13시간 20분이다.

"엄청 힘들겠지. 근데 그래도 하긴 해야 할 거야. 그래서 체력을 기르라고 하신 거잖아."

"그래, 운동 열심히 하자."

오늘은 겨우 몇 곡을 불렀다. 당연히 체력이 빵빵한 상태이다. 그렇기에 서연은 크게 고개를 끄덕였다.

"우리 악단과 다이안의 공연은 오늘이 처음입니다. 그런데 과연 세계 1위를 할 만한 그룹입니다. 음악성, 화음, 가창력, 댄스 등 뭐 하나 빠지는 데가 없네요."

"미모와 몸매는 말 안 했어요."

어느 관객의 너스레에 안드레 류는 피식 웃음 짓는다.

"그건 당연한 거라 말씀 안 드렸어요. 다이안의 멤버들 모두 대단한 미인입니다. 제가 몇 살만 젊었어도…. 근데 누구에게 대쉬하죠?"

"하하하하! 다들 너무 예뻐서 고르기 너무 힘들어요."
"그러게요. 전적으로 동의합니다."

분위기를 휘어잡은 안드레 류는 다시 한번 서연을 일별하고는 입을 연다.

"자! 이제 다이안의 다음 곡입니다. 이별의 아픔을 아름다운 선율로 위로하는 '사랑은 가고!', 들려드립니다."

♪♪♫ ♩♪ ♩♫♪ ♩ …

안드레 류의 소개말처럼 사랑하다 헤어진 연인들의 허전함과 슬픔이 애절한 선율에 담겨 흘러나온다.

젊은 시절 단 한 번이라도 이별의 슬픔을 겪었던 사람들의 마음속에 스며든 선율은 촉촉한 눈망울들을 양산시켰다.

그런데 마냥 처지는 건 아니다.

처음 만나 불처럼 타오를 때의 정열, 서로가 서로에게 마음을 열었을 때의 흐뭇함, 그리고 예고 없던 이별의 슬픔, 마지막으로 좋았을 때의 추억이 차례로 떠오르게 하였다.

이번 곡은 약간 길어서 4분 27초간 연주되었다. 중간중간 전조(轉調)가 있었고, 템포의 변화도 있었다.

그러면서도 아름다운 선율을 계속 유지했다.

베토벤의 비창 3악장(베토벤 바이러스)과 슈만의 트로이메라이, 모차르트 심포니 40번의 주요 멜로디가 한 곡에 담겨 있는 정도를 떠올리면 된다.

드디어 곡이 끝났다.

"우와아아아아아! 와아아아아아아! 휘익, 휘이익—!"

짝짝짝짝짝짝짝짝짝짝~! 짝짝짝짝짝짝짝짝짝~!

"다이안! 다이안! 다이안! 다이안!…"

또 한 번 우레와 같은 박수와 환호가 컨벤션센터를 가득 채웠다.

같은 순간 화면을 통해 공연을 지켜보는 45억 명의 시청자들 또한 열렬히 박수 쳤다.

"괜히 세계 차트 1위를 하는 게 아냐."

"그치? 나도 그렇게 생각해. 노래가 너무 좋아."

"노래만 좋은가? 노래도 잘 부르지. 엄청 예쁘지."

대한민국의 군대도 다르지 않다. 초미의 관심사인지라 각 부대의 지휘관들은 특별 시청을 허락했다.

운 없게도 초병 내지 위병근무를 하는 자들을 제외한 전원이 TV 앞에 있다.

20대 초반인 일반 병사들 전부는 관물대 안의 여친 사진을 떼고 서연, 예린, 정민, 연진, 세란 중 하나의 사진으로 바꿀 결심을 하고 있다.

멤버들과 비교해보면 본인의 여친 혹은 여사친은 봉황 앞의 까마귀 정도밖에 안 된다.

일말상초는 여친들이 고무신을 거꾸로 신는 계절이다.

하여 지휘관들로 하여금 조바심치게 한다. 혹시라도 잘못되는 일이 있지 않기를 바라는 마음뿐이다.

그런데 앞으로 그런 걱정 따월랑 하지 않아도 될 듯싶다. 장병 거의 전부가 군화를 거꾸로 신을 기세이기 때문이다.

"우와아아아아! 다이안! 다이안! 다이안! 다이안!"

다이안의 여섯 번째 곡이 끝나자 모든 생활관에서 지붕이 날아갈 듯한 환호성이 터져 나왔다.

동시대를 살아가는 젊은이들의 가슴에 다이안이라는 큰 별이 제대로 박히는 순간이다.

이들 거의 전부는 특별한 일이 없는 한 평생토록 다이안의 팬이 된다.

앨범이 나올 때마다 구입하고, 방송에 출연하면 시간 날 때마다 다시보기를 누른다. 콘서트가 열리면 만사 제쳐놓고 예매하기 위한 클릭질을 한다.

그럼에도 여친이나 아내들의 시기와 질투는 거의 없다.

스스로 생각하기에도 상대가 안 됨을 너무도 잘 알기 때문일 것이다.

노래와 춤은 당연히 최정상급이다. 고운 피부와 예쁜 표정, 끝내주는 몸매는 덤이다.

게다가 신이 방부제라도 뿌린 듯 늙지도 않는다.

하여 연예계 최대 불가사이 또는 연예계 뱀파이어로 불리기도 한다.

40대 중반을 넘어 50이 가까워져도 22살짜리랑 같이 있으면 누가 봐도 친구처럼 보인다.

멤버들과 비슷한 나이대인 여성들은 매일 아침 거울을 볼 때마다 이렇게 중얼거린다.

"대체 쟤들은 뭘 찍어 바르고, 뭘 먹어서 저런 거지?"

"쳇! 나는 아줌마가 되었는데 쟤들은 아직도 처녀 같아."

"아이! 짜증 나. 난 이렇고, 쟤들은 왜 저래?"

"운동이고 뭐고 다 포기한다. 너무 비교되잖아."

"씨잉, 오늘 저녁은 치맥이나 조져야겠다."

"아~! 나도 다이안 같았으면 좋겠다."

멤버들 모두 E-GR을 복용하여 벌모세수와 환골탈태한 결과라는 것은 끝까지 비밀이다.

돈을 엄청 많이 버니 뭔가 좋은 걸 먹거나 바를 것이라는 추측만 무성할 뿐이다.

그런데 동시대에 다이안 같이 젊음과 미모를 유지하는 존재들이 더 있다.

김지윤과 조인경, 밀라 유리첸코와 올리비아 본다코, 그리고 설이화와 아델리나 다닐로바 등도 그러하다.

여기에 이은정과 이수린, 권지현 강연희 등 몇몇이 더 추가된다.

그런데 이들의 모습은 보기 힘들다. 대외활동 거의 없이 궁전 또는 회사나 집에만 머물기 때문이다.

언론 앞에 모습을 드러내는 것은 왕국의 공식행사 정도이다. 그때마다 공식사진을 찍는데 이게 큰 화제가 된다.

예를 들어, 매년 3월 1일은 한반도 이북에 자리 잡은 이실리프 왕국의 개국기념일이다.

그리고 이곳의 공식 왕비는 설이화이다.

현수와 나란히 서서 찍은 사진을 보면 어느 날 하루, 옷만 바꿔 입으면서 계속 사진 찍은 것처럼 보인다.

얼굴과 몸매는 거의 그대로인데 날짜만 바뀐 것 같은 것이다.

임신을 하여 배가 불룩 솟은 사진이 있기도 하지만 그다음 사진을 보면 언제 그랬느냐는 듯 다시 날씬한 예전으로 돌아가 있곤 한다.

설이화 뿐만 아니라 김지윤과 조인경, 밀라와 올리비아, 그리고 아델리나 역시 같다.

아무튼 현수는 국민들의 선택에 의해 당락이 결정되는 정치인이 아니다. 그리고 정해진 임기라는 것도 없다.

따라서 마음에도 없는 소리로 누군가를 설득하려 애를 쓸 하등의 이유가 없다.

왕국의 영토는 100% 국가 소유이며, 전기, 수도, 도로, 항만, 공항 등 모든 인프라도 국가에서 운영한다.

국민들에겐 소득세나 재산세, 상속세, 증여세를 징수하지 않는다.

모든 인프라를 온전히 국가 재정으로 건설하고 유지하는 것이다.

국민들은 원가에 가까운 사용료를 지불할 뿐이다.

Chapter 10
—
공연장에서

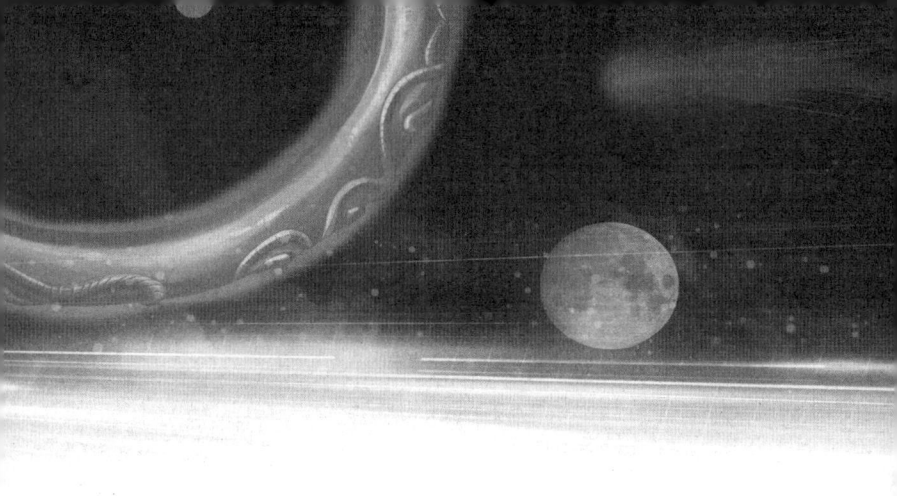

국가가 세금을 거둬들이지 않으니 국민들에게 아무것도 베풀지 않아도 된다.

그리고 국가 정책에 반하는 세력을 유화책으로 무마하는 등의 일을 할 필요가 없다.

속담에 '절이 싫으면 중이 떠나라!' 는 말이 있다.

왕국과 절의 공통점은 움직일 수 없다는 것이다.

따라서 체재에 불만이 있는 자들을 굳이 데리고 있으려고 애를 쓸 필요가 없다.

그러므로 일정 수준 이상의 불만을 드러내면 곧바로 추방한다. 그리고 영원히 한 발짝도 들여놓지 못한다.

현재는 안 그렇지만 조금 더 세월이 지난 후엔 왕국 바깥대부분은 매우 위험한 곳이 된다.

 폭력이 난무하고, 불의가 판을 치며, 악이 득세하는 세상이다. 억울한 일을 당해도 누구 하나 거들떠보지 않으며, 어려움에 처해도 돌보는 사람 하나 없는 삭막한 곳이다.

 누구든 빈틈을 보이면 이용만 당하고 버려지는 정의가 사라진 세상이 되는 것이다.

 나름 법이라는 것이 있기는 하지만 그건 힘 있는 자들을 위한 보호 수단에 불과하다.

 은폐, 조작, 담합, 횡령, 사기, 누명 씌우기, 나눠먹기 같은 불의를 합법으로 포장해주는 이전의 대한민국 사법부 같은 역할을 할 뿐이다.

 한 마디로 법은 있는데 권력의 시녀 그 이상도 그 이하도 아니다.

 위에서 시키는 대로 판결문을 작성하고, 낭독하는 기회주의자들의 집단으로 이루어져 있기 때문이다.

 왕국에서 추방할 때는 먼저 재산부터 몰수한다.

 그리고 입고 있는 의복도 바꿔 입게 한다. 항온의류 같은 것이 외부로 반출되는 것을 막기 위함이다.

 다시 말해 돈 한 푼 없는 완전한 빈털터리인 상태로 쫓겨나는 것이다.

 그러고 나가서 현실을 겪으면 반드시 후회한다.

무방비 상태로 무지막지한 폭력 등에 노출되는데 한 주먹은 결코 열 주먹을 감당할 수 없기 때문이다.

그때 가서 울고 불며 잘못 생각했다고, 후회한다고, 다시 받아달라고 해도 절대로 번복되지 않는다.

화투판에서도 낙장불입(落張不入)이 원칙이다. 하물며 왕국 내지 제국은 어떠하겠는가!

법은 매우 엄정해야 한다.

그런데 현재의 대한민국 법은 그렇지 못하다.

한국은 3심제도를 운용하고 있다.

다툼이 있거나 법을 어긴 경우 법에 따라 재판을 해서 사회질서를 유지하기 위함이다.

1심은 지방법원에서 맡는다. 그 결과를 인정하지 못하면 2심인 고등법원에 다시 재판해달라고 청구할 수 있다.

그렇게 해서 판결이 내려졌음에도 억울하면 3심법원인 대법원에서 재판받을 수 있다.

한 사건에 대해 세 번까지 재판을 받을 수 있도록 한 것은 누구든 잘못된 판결로 억울한 일을 당하는 일이 없게 하기 위한 배려이다.

그런데 대법원에서 판결이 내려졌어도 재심청구를 할 수 있다.

재판을 세 번이나 했음에도 끝내 잘못된 판결을 내릴 수 있기 때문에 생긴 것이다.

잘못 또는 조작된 증거 때문일 수도 있고, 부패한 판사들이 판결을 내렸기 때문일 수도 있다.

 이실리프 왕국도 3심제도를 운용한다.

 다만 법원의 판결은 2심까지만 한다. 1심과 2심 판사는 학연, 지연, 혈연이란 것이 있을 수 없는 휴머노이드이다.

 왕국 하늘에 떠 있는 인공위성은 전 국민의 모든 것을 샅샅이 들여다보고 있다. 따라서 사건발생 전후의 모든 상황까지 몽땅 다 파악하고 있다.

 일종의 아카식 레코드나 다름없다.

 따라서 언제, 어디서, 누가, 무엇을, 어떻게, 왜 저질렀는지 확실하게 알고 있다.

 이러면 잘못된 판결을 내릴 수 없다.

 전관예우같이 지극히 부당한 행위란 있을 수 없으며, 플리바게닝[3]도 없고, 외부의 압력에 절대로 굴복하지 않는다.

 한국의 법원과는 전혀 다른 모습이다.

 마지막 3심은 도로시가 한다.

 피도 눈물도 없으며, 인정도 없는 존재이다. 부정부패와 연루될 수 없으며, 뇌물이나 압력이 통하는 존재가 아니다.

 이러니 100% 공정한 결과가 도출된다. 도로시가 결정하여 보고서를 올리면 국왕은 사인하는 정도만 관여한다.

---

3) 플리바게닝(plea bargain) : 피고인이 유죄를 인정하거나, 다른 사람에 대해 증언을 하는 대가로 검찰 측이 형을 낮추거나 가벼운 죄목으로 다루기로 거래하는 것

그러면 형이 확정되는 것이다.

2심 판결에 오류가 있을 수 없다. 따라서 3심까지 오는 것은 진짜 만에 하나 정도 될까 말까 할 정도로 드물다.

이실리프 제국의 역사를 보면 3심까지 올라간 것은 전체 사건 100만 건당 하나 정도였다.

완벽한 증거자료를 근거로 과학적인 분석을 하여 판결을 내리니 항의할 근거가 없기 때문이다.

그래도 3심을 요구하는 자들이 있었는데 그 결과는 기존 판결 99.99% 유지였다.

다시 말해 1억 건의 재판 중 하나 정도만 판결내용이 바뀌었다.

다만, 유죄가 무죄로, 또는 무죄가 유죄로 바뀐 것은 없다. 형량이 너무 과했거나 덜했던 것을 제대로 잡는 정도였다.

아무튼 3심까지 와서 유죄가 무죄로 바뀐 경우는 한 번도 없었으니 1심과 2심 제도만으로 완전하다.

이는 온갖 시행착오를 겪으면서 보완된 제도이다. 따라서 이제 곧 개국할 이실리프 왕국에서도 그대로 운영될 것이다.

다만 국왕 사면권이란 것이 있다.

이는 국법에 우선한다. 3심 판결이 내려졌더라도 대권으로 이를 뒤집을 수 있거나, 죄를 사(赦)해줄 수 있는 것이다.

그런데 현수가 누구인가!

법률상 사면권이 있기는 하지만 이것으로 최종 판결을 뒤

집은 경우는 한 번도 없다.

국왕의 권위가 법보다 우선한다는 상징적 의미로 법률에 명기되어 있는 것뿐이다.

현수는 사면권을 행사할 마음이 전혀 없다.

죄를 지었으면 그에 합당한 죄값을 치러야 하는 것이 지극히 당연한 일이기 때문이다.

아무튼 사면권만 있는 것은 아니다. 이와 대척점에 있는 징벌권 또한 있다.

예를 들어, 어떤 사기꾼 겸 산업스파이가 있다.

판사는 법률에 따른 판결을 내린다. 그런데 그 형량이 너무 적어서 마음에 들지 않는 경우가 있다.

죄를 전혀 뉘우치지 않거나, 피해자나 재판부를 조롱하는 태도를 보이면 얄밉기 그지없다.

이럴 때 국왕의 권위로 형량을 늘리거나 다른 형벌로 바꿀 수 있는 것이 징벌권이다.

소위 말하는 괘씸죄 적용이 가능한 것이다.

어떤 사기꾼에게 징역 30년이란 판결이 내려졌다.

그런데 하늘 높은 줄 모르고 까불거나, 구제 가능성이 전혀 없으면 데스봇을 투여하여 추가로 지극한 고통을 겪게 하거나, 형장의 이슬이 되게 한다.

이밖에 재산몰수 후 추방도 있다.

한국엔 분심위라 칭해지는 '자동차사고 과실비율 분쟁심의

위원회'라는 것이 있다.

통계를 보면 매년 10만 건이 넘는 교통사고 분쟁을 심의·의결하는 기관이다.

손해보험사협회에 따르면 분심위로 법적소송을 대체한 데 따른 경제적 효과가 600억 원이 넘는다고 한다.

제대로만 하면 상당히 괜찮은 기구이다.

50명의 변호사가 2년 임기위원으로 활동하는 데 판·검사나 3년 이상 변호사 경력이 있어야 한다.

그런데 이들이 내놓은 심의·의결 내용에 불만을 품은 사람들이 적지 않다.

정말 법률가 집단이 맞나 싶을 정도로 비상식적인 판단을 하는 경우가 있기 때문이다.

10만 건이 넘는 사고를 50명이 처리한다면 1인당 2,000건이고, 연간 250일을 근무한다면 하루 8건씩이다.

그런데 어떤 사건은 2명 또는 4명이 심의한다. 따라서 위원 1인당 심의 건수는 하루 10~20건 정도일 것이다.

위원들 모두 사람인 이상 컨디션이 아주 안 좋을 수도 있어 상식적이지 않은 판정을 내릴 수는 있다. 그래도 그 빈도가 너무 많다는 생각이다.

하여 유튜브로 유명해진 교통사고 전문 한◎철 변호사는 '교통사고가 나서 분쟁이 생기면 분심위를 거치지 말고 바로 소송으로 가야 한다.'고 주장하고 있다.

당연히 100 : 0인 사고인데 분심위를 거치면 말도 안 되는 비율이 되는 걸 왕왕 보았기 때문일 것으로 추정된다.

이실리프 왕국이야 완전 자율주행차 또는 비행차를 쓰니 분심위 따위가 필요 없다.

아울러 자동차 보험이나 운전자 보험도 필요 없다. 교통사고가 일어날 수 없는 환경이기 때문이다.

그런데 한국은 아직은 도로 위를 굴러다니는 차가 많다. 그리고 교통사고가 끊이지 않는다.

새로 구성된 국회에선 이에 대한 대책으로 분심위를 없애고 A.I를 적극적으로 활용하는 법률을 제정할 예정이다.

교통사고로 인한 분쟁발생 시 과학 및 공학적으로 분석한 결과를 근거로 과실비율을 결정해준다.

비율이 더 높은 쪽이 가해자가 되겠다.

정식 명칭은 '교통사고 과실비율 판정시스템'이다. 이를 줄여서 '교과판'이라 칭하게 될 것이다.

사람이 아니므로 피곤하지 않고, 어느 한쪽을 편들어 줄 하등의 이유가 없으며, 부정이 개입할 여지 또한 없다.

무단횡단으로 인한 사고인 경우 이전엔 '차 vs 사람' 사고는 대부분 차량에 그 책임을 묻곤 하였다.

교과판에선 아주 냉정히 판단하여 고의 또는 도저히 피할 수 없는 사고인 경우 무단횡단자 책임 100%로 판정한다.

무단횡단을 하다 목숨을 잃어도 단 한 푼의 합의금도 받지 못하는 것이다. 아울러 사고 차량과 운전자가 입은 피해에 대한 배상책임을 물을 수 있도록 한다.

사망사고를 낸 운전자 대부분은 평생토록 트라우마에 시달리게 된다.

따라서 무단횡단 사망자의 보험사는 정신적 고통에 대한 배상도 해야 한다.

이밖에 '자전거 vs 차', '오토바이 vs 차' 등의 경우도 아주 냉정히 판단하여 과실비율을 정해준다.

교통약자라 하여 처음부터 과실을 줄여주는 것 자체가 불합리하기 때문이다.

따라서 이전과 사뭇 다른 결과가 나올 것이다.

아무튼 교통사고가 발생하면 경찰이 작성한 교통사고 조사보고서를 '참고' 하여 교과판에서 과실비율을 결정한다.

경찰이 제출하는 조사보고서는 단순한 참고자료일 뿐이다.

제대로 된 것이라면 결정적인 역할을 할 수도 있겠지만 그렇지 않으면 폐기된다.

그리고 계속해서 잘못된 보고서를 작성하는 조사계 경찰관은 다른 보직으로 이동시킨다.

아무튼 앞으로는 경찰이 누가 가해자인지 피해자인지를 결정하는 관행을 못 보게 될 것이다.

교과판은 50 : 50인 판정을 내리지 않는다. 51 : 49 혹은 50.1 : 49.9 같이 하여 가해자를 확실히 정해준다.

어쨌거나 다이안이 무대 뒤로 사라지자 사람들은 다음은 누가 나올까 기대하며 시선을 집중시켰다.

잠시 후, 핀 조명이 아티스트 출입구를 비췄는데 아주 잘생긴 백인 청년 하나가 나타난다.

그런데 눈에 익지 않으니 다들 누군가 싶은 표정이다.

영화배우 로버트 레드포드의 젊은 시절 모습과 매우 흡사한 이 청년은 마이크 앞에 당도하자 허리를 깊숙이 숙인다.

참고로 로버트는 영화 스팅, 흐르는 강물처럼, 위대한 개츠비, 아웃 오브 아프리카 등에 출연한 미남 배우이다.

"안녕하십니까? 미국에서 온 윌리엄 그로므프입니다. 저는 지금까지 웨딩싱어로 활동을 했는데 하인스 킴의 부름을 받고 이 자리에 섰습니다. 여러분을 뵙게 되어 영광입니다."

* * *

처음 듣는 이름인지라 다들 이건 뭔가 하는 표정이다. 그러거나 말거나 윌리엄의 말이 이어진다.

"제가 불러드릴 곡은 In the moonlight라는 곡입니다. 하인스 킴 작사·작곡인 곡을 부르게 되어 참으로 영광입니다. 이 곡은 멀어진 연인을 애타는 마음으로 그리는 서정적인 곡입니다. 그럼 시작하겠습니다."

윌리엄이 안드레에게 시선을 주자 이내 전주가 시작된다.

♪ ♪ ♪ ♫ ♬~ ♪ ♫ ♪ ♬♪ ♩ …

지난 며칠간 현수의 프로듀싱을 받은 윌리엄의 음색은 마치 슈크림처럼 부드럽다.

멜로디가 일품인 이 곡을 다이안에게 주지 않은 이유는 저음으로 불러야 제맛이기 때문이다.

윌리엄에게 기회가 온 것은 그가 원곡가수이기 때문이기도 하지만 뉴욕대 수학과 교수인 미하일 그로모프에게 감사한 마음을 가졌기 때문이다.

참고로, 윌리엄은 미하일의 조카이다.

미하일 그로모프 교수는 현수가 발표한 여러 난제의 풀이 검증에 적극적으로 매달렸다.

너무 의욕이 앞서서 그랬는지 침식을 잊을 정도로 몰두하다 끝내 혼절하는 사태가 빚어졌다.

이에 휴머노이드를 보내 미라힐 희석액 한 병을 마시도록 했다. 하여 현재는 멀쩡해졌다.

미하일은 학문적 갈증에 목말랐는지 깨어나자마자 다시 풀이 검증에 매달렸고, 결국 논리적으로 옳은 귀결이라는 결론을 내렸다.

이토록 몰두한 것은 지나치리만치 세세한 주석이 달려 있었기 때문이다. 아주 길고, 재미있는 소설을 밤을 새워가며 읽는 기분이었기에 몰두했던 것이다.

다 읽은 후엔 적극적으로 현수의 풀이가 옳다는 것에 앞장섰다. 지도교수보다 더 열정적이었다. 하여 뭔가 보답을 하고 싶은 마음이 들었다.

그런데 마땅한 게 없었다.

그로모프 교수는 이미 학문적 성취를 확실히 이뤄 사회적・학문적 명망이 두텁다. 게다가 물려받은 재산이 상당하여 경제적으로도 전혀 궁핍하지 않다.

그러다 조카가 웨딩싱어로 활동하는 것을 안타까워한다는 옛 기억이 떠올랐다. 하여 윌리엄을 불러들였고, 열심히 프로듀싱 했다. 그리고 그 결과가 바로 이 무대이다.

수많은 하객들 앞에서 노래를 불러왔기에 윌리엄은 크게 떨지 않았다.

사실 무대는 밝고, 객석은 어두워서 관객이 얼마나 많은지 모르는 상태에서 부른 것이다.

관객수가 1만 4,000명을 훌쩍 넘기고 전 세계에 동시 생중계되고 있다는 것을 알았다면 잔뜩 긴장했을 수도 있다.

다행히 그런 일 없이 순조롭게 노래를 마쳤다.

"와아아아아아!"

짝짝짝짝짝짝짝짝!…

"진짜 노래 미쳤다. 뭐가 이렇게 감미로워?"

"그러게 말이야! 이 노래 너무 좋다. 제목이 뭐랬지?"

"달빛 속에서! 어슴프레한 달빛 아래서 사랑을 속삭였던 기억을 떠올린 곡이잖아."

"그래! 노래 진짜 좋았어. 잘 부르기도 했고."

"맞아! 오늘 플로렌에 이어 또 하나의 신인이 탄생하네."

"하인스 킴이 작사, 작곡한 곡인데 어련하겠어?"

"맞아! 곡이 좋으니까 다 좋은 거야. 노래도 잘했고."

윌리엄에 대한 칭송이 자자했다. 그러는 동안 오케스트라 단원들의 움직임이 다소 어수선하다.

자리를 바꾸는 한편 화장실을 다녀오느라 그렇다.

음료수나 물을 홀짝이는 모습도 보인다. 미리 준비해준 샌드위치나 햄버거 등을 먹기도 한다.

오늘 공연은 원래 무료로 개방할 생각이었다. 그런데 누군가 우려를 표했다.

다이안만으로도 난리가 벌어진다.

발표만 하면 곧바로 빌보드 등 모든 음악차트 1위를 하는 명실상부한 세계 최고의 아티스트이다.

그런데 한국에 에이프릴 증후군이 발생하면서 공연을 볼 수 없게 되었다. 뮤직비디오나 유튜브 등 이전의 동영상을 볼 수 있지만 라이브 공연은 없었다.

이런 상황에 다이안이 공연을 한다고 하면 벌떼처럼 몰려들 것이 뻔하다.

워낙 많은 팬들을 확보하고 있기 때문이다.

한국의 보이그룹인 BTS의 팬들을 통칭하는 어휘는 '아미'이다. 이들의 숫자가 얼마나 될까 싶어 조사한 자료가 있다.

유투브 방탄 TV의 구독자수는 2020년 1월에 2,480만 명이다. 8월이 되면 3,390만 명으로 늘어난다.

트위터 계정 팔로워는 2020년 1월에 2,360만 명이었다가 8월이 되면 2,782만 명으로 증가하게 된다.

그런데 이보다 3년 앞선 2017년 1월 현재 유투브 다이안TV 구독자는 10억 7,800만 명이고, 트위터 팔로워는 9억 9,560만 명이다.

이번 공연이 끝나고 나면 유투브는 13억 8,000만 명, 트위터는 13억 2,260만 명으로 증가하게 된다.

이 수치는 기네스북에도 등재된다.

세계 2위와의 격차가 너무도 아득하여 언급하는 것 자체가 다이안에 대한 모욕이다.

참고로. 2017년 1월 현재 유투브 구독자 세계 2위는 게임 리뷰와 리액션 영상이 주요 컨텐츠인 Pew Die Pie이다.

구독자 수는 약 5,000만 명이고, 2013년부터 부동의 1위였는데 다이안에 의해 밀려났다.

현재는 다이안의 구독자 수가 21배 이상 많다.

아무튼 이런 수치는 다이안이 명실상부한 세계 최고 그룹이라는 증거이다. 그런데 하인스 킴까지 등장한다.

현수가 유투브를 시작한다면 단숨에 구독자 수 50억 명, 트위터 팔로워 48억 7,000만 명 정도가 될 것이다.

다이안조차 현수에겐 상대가 되지 않는다.

현수의 구독자 수가 이토록 어마어마할 이유는 세계 최고의 부자라는 것이다.

그보다는 엄청난 투자 수익률을 올리는 세계 최고의 투자자라는 것이 가장 큰 이유이다.

다들 돈에 관심이 많기 때문일 것이다.

아무튼 2017년의 지구는 돈이 만능인 세상이다.

그래서 '돈만 있으면 하늘의 별을 딸 수 있다.' 는 말을 한다. 이건 실제로도 그러하다.

당장이라도 우주선을 만들어서 외계로 나가 깃발을 꼽고 본인 영토라고 주장하면 된다.

이에 태클을 걸려면 그곳까지 사람을 싣고 올 수 있는 우주선이 있어야 하는데 아직 그럴 수 있는 나라가 없다.

그러니 먼저 도착하여 영토 선언 후 테라포밍까지 하면 어느 누구도 이의를 제기할 수 없다. 만일 공격을 하는 등의 행위를 하면 곧바로 격추시키면 끝이다.

이는 실제로 하늘의 별을 따는 일이다.

현수는 지금 당장이라도 이럴 수 있는 능력이 있다.

달뿐만 아니라 수성, 금성, 화성, 목성, 토성, 해왕성, 천왕성 등 모든 행성과 위성에 깃발을 꼽을 수 있다.

충분한 경험이 있고, 온갖 장비도 다 갖추고 있으므로 테라포밍도 아주 빠르게 진행할 수 있다.

그럼 금방 사람이 살 수 있는 행성으로 변모된다.

이를 실력으로 저지할 국가나 인물은 단언컨대 단 하나도 없다.

언젠가 그럴 수 있는 날이 온다 하더라도 현수의 영토에 절대로 눈독을 들이면 안 된다. 전 국민 몰살과 더불어 국가 멸망이라는 최후를 당할 수 있기 때문이다.

어쨌든 돈만 있으면 '처녀귀신 불알'도 살 수 있다고 한다.

말도 안 되는 일이지만 실제로 해본 사람이 없으니 결과는 알 수 없다.

그런데 세계에서 가장 돈을 잘 버는 사람이 공연을 한다고 한다. 워렌 버핏도 현수와 식사를 하려면 엄청난 돈을 지불해야 할 정도로 떼돈을 버는 인물이다.

공연까지 시간만 넉넉하다면 바하마 인구의 몇 배가 몰려들 확률이 대단히 높다.

그러면 자칫 대형사고가 발생될 수 있다. 그러니 적절한 입장료를 받자는 쪽으로 의견이 모아졌다.

이번 공연은 아일랜드 데프 잼 레코딩스가 전적으로 주관하고 있다. 적지 않은 비용이 드는 일이다.

그걸 몽땅 희생하라고는 할 수 없다. 하여 유료 입장권 판매를 허락해줬다.

지난 2016년 2월에 팝스타 마돈나의 홍콩 공연이 있었다.

2015년 9월에 티켓을 팔았는데 일반석은 688~2,488달러, VIP석은 4,888~11,888달러였다.

　참고로, 통계자료에 따르면 홍콩의 일반 직장인 급여는 월 14,511달러였다. 가장 좋은 좌석에서 관람하려면 한 달 월급을 다 지불해야 했던 것이다.

　이는 아시아 역사상 가장 비싼 콘서트 티켓이었다.

　그럼에도 몇 초 만에 매진된 것으로 유명하다. 암표는 당연히 이보다 훨씬 높은 금액에 거래되었을 것이다.

　다이안의 명성은 마돈나보다 훨씬 윗줄이고, 하인스 킴은 다이안보다 훨씬 위에 있다.

　그렇기에 위상에 따른 티켓 가격이 되어야 한다.

　이에 올리버 캔델은 일반석 1,000~5,000달러, VIP석은 10,000~35,000달러로 책정했다.

　한화로 환산하면 일반석 117만 5,000~587만 5,000원, VIP석은 1,175만~4,112만 5,000원이다.

　티켓을 팔겠다는 공지를 하자 금방 문의전화가 쇄도했다. 그리고 판매를 시작하자 2.3초 만에 매진되었다.

　다이안도 다이안이지만 하인스 킴 때문이다.

　현수는 곧 국왕이 된다.

　일단 즉위를 하고 나면 체면 때문이라도 이런 공연은 하지 못한다.

　그런데 하인스 킴은 거장 혹은 마이스터 반열에 오른 연주가이다. 평생 딱 한 번만 볼 수 있는 공연이다. 하여 무조건 표를 산 것이다.

표를 사기는 샀는데 재정이 곤궁해지는 사람들이 있고, 돈은 있는데 표를 사지 못한 사람들이 있다.

이들은 암표 거래를 시도했다.

일반석 2,500~13,000달러, VIP석은 30,000~100,000달러로 거래되었다.

실제로 객석의 관중 중 하나는 무려 10만 달러를 내고 들어와 있다. 무려 1억 1,750만 원이나 지불한 것이다.

그럼에도 몹시 만족하는 표정이다.

다이안의 공연부터 시작하여 플로렌과 윌리엄 그로모프까지 모두 마음에 쏙 들었던 것이다.

이제 하이라이트라 할 수 있는 하인스 킴의 공연이 시작된다. 객석엔 고요한 긴장감이 맴돌고 있다.

어떤 것을 보여줄지 자못 기대되는 때문이다.

"오늘의 귀빈! 세계 최고의 부자이며, 세계 최고의 투자자, 그리고 뛰어난 의사이며, 발명가이고, 수학자이며, 연주자이기도 한 하인스 킴님이 나오십니다. 모두 일어나서 환영해주시기 바랍니다."

"와아아아아아아아아아아아아—!"

1만 4,000명이 넘는 사람들이 동시에 지르는 거대한 함성은 컨벤션 센터가 울릴 정도이다.

소개만으로도 단숨에 객석이 후끈 달아오른 모양이다.

무대 위의 모든 조명이 꺼지더니 한줄기 황금빛 조명이 아티스트 출입구를 비춘다.

커튼이 흔들리고 연미복 차림인 현수가 등장한다.

"꺄아아아아아아—!"

"하인스 킴! 하인스 킴! 하인스 킴!"

함성과 연호가 또 한 번 컨벤션센터를 뒤흔든다.

지정된 자리에 당도한 현수는 슬쩍 군왕의 위엄을 풀었다.

고오오오오오오오오오오오오오—!

사람들의 눈에는 보이지 않고 귀로는 들리지 않을 카리스마가 관객들에게 뿜어진다.

나이가 많고 적음, 사회적 지위가 높고 낮음을 떠나 모두의 마음에 매우 강렬한 인상을 심어주었다.

"방금 소개된 하인스 킴입니다. 이렇게 많은 분들이 오셔서 기분이 좋네요. 감사합니다."

살짝 고개를 숙이자 관객들 모두 고개를 숙여 답례한다.

"이제 연주해드릴 곡은 쇼스타코비치의 왈츠 2번입니다. 아주 유명한 곡이죠. 여러분들의 마음에 들었으면 좋겠네요."

다시 한 번 살짝 고개 숙여 예를 표한 현수는 안드레 류와 단원들 쪽으로 몸을 돌렸다.

"협연 잘 부탁드립니다."

현수가 살짝 고개를 숙이자 단원들 전부 자리에서 일어나 정중히 허리 숙여 예를 갖춘다.
 안드레 류라 하여 다를 바 없다. 허리를 직각으로 꺾어 예를 갖추고는 지휘봉을 든다.
 그러곤 현수가 착석하기를 기다렸다.

Chapter 11
—
성황리에 끝난 공연

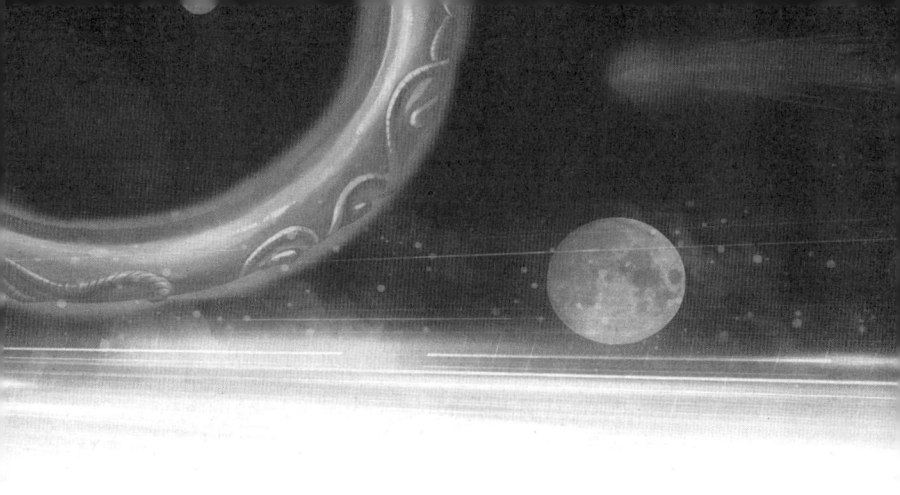

잠시 후, 의자에 앉은 현수가 첼로를 끌어당긴다.

다음으로 준비되었다는 눈짓을 보내자 이를 본 안드레 류가 지휘봉을 내리긋는다.

우아한 왈츠가 시작되었고, 관객들은 숨죽인 채 무대 위의 현수에게 시선을 준다.

나지막하게 시작된 첼로 선율은 오케스트라와 매우 훌륭한 앙상블을 이룬다. 아름답고 서정적인 멜로디는 관객들의 청신경을 통해 뇌를 자극하고 있다.

이번 공연에 앞서 현수는 모든 악기들에 마법진을 부착시켰다. 일률적으로 432Hz를 낼 수 있도록 한 것이다.

성황리에 끝난 공연

수학적으로 조율되어 자연과 가장 일치하는 주파수이다. 이외에도 마나집적진과 치유마나발산진도 있다.

연주를 하지 않을 때엔 마나를 모으고, 연주가 시작되면 선율에 치유효과를 얹는 것이다.

연주가 이어지자 사람들의 몸이 좌우로 흔들린다. 저도 모르게 흥이 나서 박자를 맞추고 있는 것이다.

약 4분에 걸친 연주가 끝났다.

"와아아아아아아—!"

짝짝짝짝짝짝짝짝짝!

다이안과 플로렌, 그리고 윌리엄의 노래가 끝났을 때에도 우레와 같은 박수와 함성이 있었는데 이번엔 그를 다 합친 것보다 큰 소리를 낸다.

일부는 발을 구르기라도 하는 듯 진동이 느껴지고 있다.

"감사합니다. 감사합니다. 감사합니다."

현수가 세 방향을 향해 가볍게 고개를 숙여 예를 갖추는 동안 아일랜드 데프 잼 레코딩스 소속 스태프는 첼로는 가져가는 대신 오보에를 가져다 놓았다.

"이번 곡은 1986년에 제작된 영화 미션(Mission)의 OST인 가브리엘스 오보에(Gabriel's Oboe)입니다."

무대 뒤쪽 스크린에는 영화의 한 장면이 흐르고 있다.

과라니족 원주민들이 보는 가운데 가브리엘 신부가 오보에를 연주하는 그 장면이다.

현수가 눈으로 신호를 보내자 안드레 류의 지휘봉이 움직였고, 그와 동시에 팀파니 연주자가 소리를 낸다.

이어서 너무도 유명한 선율이 컨벤션센터에 흐른다. 그와 동시에 물의 최상급 정령이 객석 전체를 훑고 지나간다.

당연히 눈에 보이지 않지만 그 능력이 없는 것은 아니다.

이번 공연을 보기 위해 상당히 많은 돈을 쓴 사람들이다.

세계 최고의 부자인 현수에겐 푼돈에 불과하지만 객석의 누군가에겐 거금일 수도 있다.

관객 중 하나인 제이미 프랜시스는 소아백혈병 환자이다.

너무 늦게 발견하여 이미 치료시기를 놓치는 바람에 병원에서 손을 놓은 환자이기도 하다.

9살 제이미는 이 공연을 보기 위해 미국에서 날아왔다.

아프기 전에는 바이올린 레슨을 받으러 다녔다.

이름 있는 오케스트라 단원이 되어 연주여행을 다니는 것이 꿈이었던 소녀이다.

작년 11월에 화제가 되었던 현수가 연주한 캄파넬라를 보게 되었다. 그러곤 완전히 매료되었다.

너무나 훌륭하다 느낀 것이다. 하여 반복해서 보고 또 보고를 계속하던 중 꿈이 생겼다.

죽기 전에 단 한 번이라도 하인스 킴의 연주를 라이브로 보고 듣는 것이다.

세상엔 훌륭한 바이올리니스트가 많이 있지만 그중에서도

현수의 연주가 제일 좋았던 모양이다.

제이미의 엄마 캐서린은 펜실베이니아 주 필라델피아에 있는 햄버거 가게 버거파이(Burger-Fi)의 웨이트리스이다.

재작년에 교통사고로 남편을 잃은 캐서린은 어린 딸을 데리고 어렵게 살고 있다. 얼마 전, 그러다 사망보험금을 받게 되었다.

그 돈으로 빚부터 갚고 나니 1만 3,000달러 정도가 남았다. 수입이 적으니 가계에 큰 도움이 될 돈이다.

그런데 다이안과 하인스 킴의 합동공연이 있을 것이라는 뉴스를 접하게 되었다.

하인스 킴은 조만간 국왕이 된다. 따라서 이런 공연은 다시는 없을 것이라는 것이 기사의 내용 중 일부이다.

캐서린은 비용이 얼마가 들든 하나밖에 없는 어린 딸의 마지막 소원을 들어주고 싶었다.

하여 컴퓨터 앞에 앉았고, 다행히도 티케팅에 성공했다.

엄마가 환호를 지르자 제이미가 물었고, 하인스 킴의 공연을 보게 되었다는 말에 눈물까지 흘리며 기뻐했다.

그러기 위해 지불한 돈만 4,400달러이다. 제이미 혼자 일반석에서 보는 비용이다.

다음은 비행기 티케팅이다.

이 역시 만만치 않은 돈이 든다. 하지만 어쩌겠는가! 남편이 남긴 보험금을 다 쓰는 한이 있더라도 가야 한다.

다행히 표를 구했지만 숙박할 곳은 없었다.

인터넷을 뒤져보니 너무 많은 사람들이 몰려 객실 구하는 게 하늘의 별을 따는 것만큼이나 어렵다고 한다.

그런데 어느 나라나 약삭빠른 사람들이 있기 마련이다.

누군가 해변에 텐트를 쳐놓고 이를 임대한다는 것을 보았다. 이마저 놓치면 노숙을 해야 하기에 얼른 예약을 했다.

화장실도 없고, 아무런 서비스도 없는 텐트에서 하룻밤 자는 데 250달러라니 너무나 야속했지만 어쩌겠는가!

딸은 환자이다. 한 데서 재울 수는 없다.

왕복 비행기 티켓까지 확보한 캐서린은 짐을 꾸렸다.

세계 어느 곳이든 관광지는 모든 것이 비싸다. 하여 먹을 걸 준비해야 했던 것이다.

만반의 준비를 갖췄고, 무사히 공연장에 당도했다.

캐서린은 좌석배치도를 보며 몇 번이나 설명해줬다. 본인은 티켓이 없어서 입장할 수 없기 때문이다.

우연히 이야기를 듣게 된 어떤 중년남성이 캐서린을 데려다 주겠다는 제안을 했다.

보아하니 인품이 괜찮을 것 같다.

그레고리 오닐은 뉴욕에서 활동하는 변호사이자, 음악 애호가이고, 주식투자자이다.

여러 이유로 하인스 킴의 연주를 보기 위해 왔다면서 명함을 건넸다.

혹시라도 제이미에게 해를 끼칠까 의심하지 말라는 뜻이었을 것이다.

하여 호의에 감사하다며 계속 고개를 조아렸다.

잠시 후, 제이미는 그레고리의 손을 잡고 컨벤션센터 안으로 들어갔다. 나올 때도 데리고 나오기로 했다.

캐서린은 싸가지고 온 샌드위치를 꺼내들고 출입구 바로 옆 벤치에 앉았다.

거의 모든 콘서트가 그렇듯 끝나는 시각이 정해져 있지 않으니 자리를 뜰 수 없는 것이다.

가볍게 한숨을 쉬고는 주변을 둘러보았다. 바하마는 미국인들에게도 꿈의 휴양지이다.

남편과 함께 온 가족이 왔다면 좋으련만 이제는 꿈에서나 볼 수 있는 존재가 되었다.

캐서린은 이제 어떻게 하나 하는 생각을 했다. 병원에선 길어야 6개월이라는 시한부 판정을 내려놓은 상태이다.

제이미까지 떠나고 나면 세상에 홀로 남겨지는 것이다.

당장은 웨이트리스 생활로 먹고 살 수 있지만 언제까지나 그럴 수는 없을 것이다. 세월이 지나면 늙고 노쇠해진다. 웨이트리스 자리마저 내놓아야 할 수도 있는 것이다.

아무런 노후대책도 없이 덩그마니 세상에 떨궈진 기분에 울적해졌다. 하여 고개를 숙인 채 어깨를 들썩였다.

그러다 첼로 선율이 들렸다. 그런데 뭔가 이상하다.

오케스트라와의 협연인데 다른 악기 소리는 들리지 않고 오로지 첼로 소리만 들린다. 마치 독주를 하는 것 같다.

귀를 기울여 듣고 있노라니 저도 모르게 마음이 편해진다.

많이 들어본 곡인지라 허밍으로 멜로디를 따라 불렀다.

표정도 풀렸다. 조금 전의 울적함이 깨끗이 날아간 것이다.

잠시 후 넬라 판타지아로 널리 알려진 가브리엘의 오보에 선율이 흐른다.

남편을 잃은 후 화가 많이 났다. 가해자는 사람을 죽여 놓고도 미안하다는 말조차 하지 않았기 때문이다.

만난 것은 상대측 변호사뿐이다. 직접적인 가해자가 아니니 그 변호사에게 뭐라 할 수는 없다.

하여 한국으로 치면 화병에 걸렸다. 먹은 것도 없는데 늘 뱃속에 뭔가 묵직한 것이 얹혀있는 것 같다. 그런데 오보에 선율이 흐르자 스르르 내려가는 느낌이다.

한편, 객석에 앉아 초롱초롱한 눈망울로 현수의 모습을 지켜보던 제이미는 뭔가 이상하다 생각했다.

말로 형언할 수 없는 뭔가가 머리끝에서 발끝까지 스르르 관통하고 지나가는 느낌이 들었던 것이다. 물의 최상급 정령이 치유의 효능을 베풀고 지난 것이다.

이번 공연을 보기 위해 비싼 돈을 치른 관객들을 위한 현수의 배려이다.

이 공연을 라이브로 듣는 사람들은 당뇨, 고혈압, 고지혈증, 동맥경화로부터 자유롭게 될 것이다. 아울러 무좀, 생리불순, 변비, 티눈, 버짐, 기미 등도 모두 사라진다.

이밖에 크론병, 파킨슨병, 혈우병, 뇌졸중, 심부전증, 협심증 등도 말끔해진다.

제이미는 고개를 갸웃거렸다.

현기증과 두통, 그리고 피로감이 느껴지고도 남을 시간이 지났는데 아무렇지도 않기 때문이다.

그럼에도 현수에게서 시선을 떼지 않았다.

아까는 위엄 넘치는 느낌이었는데 지금은 세상 전부를 감싸 안고 보살피는 듯하다.

문득 천사 같다는 생각을 했다.

너무도 아름다운 선율이었기에 제이미는 고개를 살랑살랑 흔들어 박자에 몸을 맡겼다. 그러는 동안 백혈병과 신부전증 등 제이미의 몸에 있던 이상현상이 사라지고 있다.

빠졌던 머리카락도 조금씩 자라난다.

한편, 그리 멀지 않은 곳에 앉은 그레고리 오닐도 고개를 갸웃거린다.

뭔가 이상하다는 느낌을 받았지만 그게 뭔지 구체적으로 설명할 수 없었기 때문이다.

물의 최상급 정령 엘리디아가 전신을 훑고 지나자 업무 스트레스와 만성피로, 그리고 운동 부족으로 인해 발생되었던 여러 증상이 확연히 개선되고 있었던 것이다.

마우스와 키보드 사용으로 인한 손목터널증후군, 모니터 앞에 장시간 있어서 생긴 거북목증후군과 목 디스크, 안구 건조증이 스르르 사라지고 있다.

이밖에 좌식 생활로 인한 허리디스크, 불규칙한 식사습관과 흡연, 음주로 인한 만성 위염도 나아지고 있다.

마지막은 비만으로 인한 것들이다.

심하지는 않았지만 언젠가 죽음으로 인도할지도 모를 고지혈증, 고혈압, 협심증, 천식, 지방간, 역류성 식도염, 담석증이 있었다.

이마저도 확실하게 개선되고 있었다. 이제 운동만 하면 내장지방도 모두 사라지게 될 것이다.

이 모든 것이 가능한 이유는 엘리디아와 현수가 발산하는 치유마법 덕분이다.

고요히 앉아 숨죽인 채 선율에 귀 기울이던 관객들은 연주가 끝나자 일제히 자리에서 일어선다.

"와아아아아아! Bravo! Bravo! Bravo!…"

짝짝짝짝짝짝짝짝짝짝짝─!

휘이익! 휘이익! 휘익─!

"최고였어요! 멋있어요. 하인스 킴, 만세! 만세!"

온갖 소리가 뒤섞이고 있다. 한 가지 분명한 것은 모두 좋은 의미이다.

가볍게 고개 숙여 예를 갖춘 현수는 마이크를 당겼다.

"감사합니다. 감사합니다."

현수의 음성이 스피커를 통해 관객들의 귓전에 다다르자 모두 입을 다문다.

음성에 '조용히 하라' 는 언령을 섞은 때문이다.

"이번에 연주할 곡은 영화 빠비용의 주제가인 Free as the wind입니다. 1973년에 개봉한 영화라 잘 모르시는 분이 계실 겁니다. 더스틴 호프만과 고인이 된 스티브 맥퀸의 연기가 아주 인상적이었지요."

현수가 말을 하는 동안 스태프는 오보에를 가져가고 하모니카를 내려놓고 물러난다.

무대 뒤쪽 스크린엔 영화의 한 장면이 보인다.

*   *   *

억울하게 살인 누명을 쓰고 감옥에 들어가게 된 빠삐용은 수용소에서 만난 드가와 함께 탈출을 감행한다.

하지만 이내 발각되어 온갖 고문과 고초를 겪는다.

그럼에도 또 탈출을 시도하다 잡혀서 먹을 게 없는 독방에 수감된다.

어두운 감방에 갇혔지만 체력을 잃지 않기 위해 운동을 하고, 단백질 섭취가 필요하자 바퀴벌레를 잡아먹는다.

또 탈출을 시도하다 잡히자 이번엔 망망대해에 떠 있는 고도(孤島) 프랑스령 기아나의 형무소로 보내진다.

탈출이 불가능한 것으로 알려진 섬이다.

여기선 탈출하다 걸리면 단두대로 보내진다. 그럼에도 또 탈출을 시도하고, 결국 성공한다.

빠삐용은 거친 파도가 일렁이는 바다로 뛰어들었고, 이내 야자나무 껍질을 모아 만든 뗏목에 올라탄다.

그러곤 유명한 대사를 남긴다.

"야! 이 자식들아, 나 여 다!"
Hey you bastards, I'm still here!

현수가 자리를 잡고 앉으며 보면대를 끌어당기는 동안 이 모든 내용이 자막으로 보여졌다.

한편 안드레 류는 현수만 바라보고 있다. 신호를 줘야 연주가 시작되는 때문이다.

잠시 뜸을 들인 현수가 고개를 끄덕이자 지휘봉이 또 한 번 휘저어진다.

뒤쪽 스크린에는 영화의 한 장면이 방영되고 있고, 양쪽 옆 스크린에는 노래의 가사가 흐른다.

Yesterday's world is a dream

like a river that runs through my mind
made of fields and the white pebbled stream
that I knew as a child
…
Free as the wind, free as the wind,
that is the way you should be…

고요한 가운데 울려 퍼지는 하모니카 소리는 영화의 장면과 함께 사람들의 마음속으로 파고든다.

그와 동시에 엘리디아가 또 한 번 객석을 훑고 지난다.

제이미처럼 중병에 걸린 사람들도 있지만 대부분은 무좀과 안구건조증 같이 자잘한 병을 가지고 있다.

물론 그레고리처럼 여러 가지를 동시에 앓는 이들도 있다.

아무리 그래도 엘레디아가 두 번만 훑으면 거의 다 떨어져 나간다.

제이미는 이번에도 뭔가가 훑고 지나는 느낌을 받았다. 뭔지 알 수는 없지만 온몸이 상쾌해지는 것 같다.

하여 흠칫할 때 그레고리와 시선이 마주쳤다. 빙그레 미소를 짓는 모습이 괜스레 좋았다.

잠시 후 연주가 끝났고, 이번에도 모두 기립하여 박수갈채를 보냈다. 함성과 환호, 그리고 연호는 덤이다.

"이번에 연주할 곡은 모차르트 교향곡 40번 1악장입니다.

아마 귀에 익은 곡일 겁니다."

현수가 바이올린 활대를 들자 오케스트라 단원들도 악기를 든다. 안드레 류는 고개를 끄덕이고는 지휘봉을 내젓는다.

이렇게 연주가 시작되었다.

다음 곡은 주페의 경기병 서곡이다.

현수는 트럼펫과 호른, 그리고 트럼본으로 연주했다.

관객들은 안드레 류의 지휘에 따라 발을 굴러 박자를 맞추며 즐거워했다.

다음 곡은 해금으로 연주한 '그 저녁 무렵부터 새벽이 오기까지' 라는 국악곡이다.

현수는 국악기에 생소한 관객들을 위해 해금이 어떤 악기인지부터 설명해줬다. 그러곤 이 곡이 어떤 의미를 담고 있는지도 알려주었다.

곡조가 시작되자 다들 귀를 기울였고, 동양의 아름다운 선율에 매료되었다.

해금 특유의 애절한 선율은 처연한 슬픔을 절절하게 느끼게 하기에 충분했다.

그래서인지 몇몇 감성 여린 관객들이 연신 눈물을 찍어 내고 있었다.

한국에서 온 어떤 여인도 눈물을 흘렸는데 나중에 유투브에 올려진 이 공연에 이런 댓글을 남긴다.

이승 등지신 어머니께
수의(壽衣)로 하이얀 모시옷을 해 드렸네
살아생전 한 번도 못 입어 보셨다며
늘 말씀하시던 그 모시옷.
돌아가시고야 입으셨네
꿈에서 만난 어머니는
애잔한 눈빛으로 나를 보시더니
말없이 고향 동네 산모퉁이를 돌아가시었네

한국 사람들만 공감할 수 있는 절절함이 배인 댓글이다. 하여 이후로도 고인을 그리워하는 여러 글들이 달렸다.

다음 곡들은 분위기를 일신할 베토벤 바이러스와 왕벌의 비행이다.

현수가 리코더를 들자 다들 '그걸로?' 라는 표정이다. 하지만 연주가 시작되자 이번엔 눈을 크게 뜬다.

엄청난 속주(速奏)였던 때문이다.

연주가 끝나자 또 한 번 기립박수와 환호, 갈채를 보낸다. 그러는 동안 악기를 바꿨다.

명품 바이올린 스트라디바리우스이고, 이번에 연주될 곡을 그리운 금강산이다.

현수는 이 곡의 배경에 대한 설명을 했다.

그러는 동안 무대 뒤쪽 스크린에 금강산의 멋진 풍광이 비쳐진다. 이번 연주를 위해 도로시가 직접 고른 영상이다.

8K이니 아마 현장에서 보는 것 같을 것이다. 연주가 계속되는 동안에도 금강산의 봄, 여름, 가을, 겨울은 계속되었다.

금수강산인 한반도에서도 최고의 절경으로 꼽히는 곳이다. 외국인들이 이런 걸 어디서 보았겠는가!

그래서인지 모두 입을 헤 벌린 채 시선을 떼지 못하였다. 제이미와 그레고리도 다르지 않았다.

이윽고 연주가 끝났고, 모두들 환호했다.

다음 곡은 홍연이라는 곡이다.

드라마 역적의 OST로 쓰일 곡이다. 원곡자는 대금으로 연주했지만 현수는 해금으로 연주한다.

이 곡엔 가사가 있다. 하지만 노래를 부를 것이 아니기에 그 내용을 소개해 줬다.

세상에 처음 날 때 인연인 사람들은
손과 손에 붉은 실이 이어진 채 온다 했죠
…
산산이 부서지는 눈부신 우리의 날들이
다시는 오지 못할 어둠으로 가네.
…
고운 그대 얼굴에 피를 닦아주오
나의 모든 것들이 손대면 사라질 듯 …

연주가 시작되자 관객들은 이내 몰입한다.

방금 전 현수가 설명해준 가사의 내용을 곱씹으니 한층 더 슬프게 느껴져 눈물 흘리는 관객도 있다.

그러거나 말거나 연주는 계속되었고, 어느 순간 끝났다.

이번엔 객석이 고요하다. 사람이라면 누구든 마음 깊은 곳에 어떤 기억이 하나쯤 있다. 웬만해선 지워지지 않을 어린 시절의 분노와 증오가 될 수도 있다.

현수는 방금 전 그것을 대놓고 건드렸다.

마나의 힘이다. 구체적으로는 마나에 실린 마법이다.

학대, 무시, 경멸, 치욕, 억울함, 모멸감, 짜증, 분노, 증오, 원한 등으로 인한 응어리 때문에 한 맺힌 사람들이 많다.

이들을 위해 해원마법을 창안했다.

'살아서 지옥을 경험한다.' 는 말이 있다.

에이프릴 중후군 때문에 지독한 고통을 겪으며 비명을 지르는 것도 그중 하나이다. 이는 신체적 고통일 뿐이다.

어쩌면 심리적 격통(激痛)이 더 아플지도 모른다.

무협소설을 보면 흔히 등장하는 스토리가 있다.

부모와 형제를 죽인 철천지원수 또는 불공대천의 원수 앞에 무릎을 꿇고 목숨을 구걸하는 주인공이 있다.

그러면서 하나밖에 없는 누이동생의 청백을 더럽히지 말아줄 것을 간절히 당부한다. 그럼에도 원수 놈은 낄낄거린다.

그 마음이 어떠하겠는가!

그렇게 해서 살아나면 시시때때로 어떤 마음이 들까?

조선의 역대 임금 중 가장 못난 것은 16대 인조이다.

쿠데타를 일으켜 광해군을 쫓아내고 그 자리를 차지했을 때는 더없이 즐거웠을 것이다.

그래놓고는 광해군의 업적을 지우기 위해 온갖 병신 짓을 했다. 그 결과가 두 번의 삼궤구고두례(三跪九叩頭禮)이다.

이 치욕적인 예절을 행하는 방법은 '궤(跪)'라는 명령을 듣고 무릎을 꿇는 것으로 시작된다.

다음으로 '일고두, 재고두, 삼고두'라는 호령에 따라 양손을 땅에 댄 다음에 이마가 땅에 닿도록 머리를 조아린다.

마지막은 '기(起)'라는 호령에 따라 일어서는 것이고, 같은 행동을 3번 반복하는 것이 삼궤구고두례이다.

참고로, 고(叩)는 '두드리다'는 뜻이 있다. 따라서 이마를 땅에 댈 때 '쿵' 소리가 날 정도로 박아야 한다.

혹자는 이를 삼배구고두례(三拜九叩頭禮)라고도 한다. 그래놓고는 '세 번 절하고, 아홉 번 고개를 조아리는 것'이라 한다. 이는 임금의 치욕을 무마하기 위한 것일 뿐이다.

당시 이 예절을 강요했던 자는 청나라 황제가 아니라 훗날 청태종이 되는 홍타이지이다.

한 나라의 왕이 타국의 왕도 아닌 자의 앞에 무릎을 꿇고 이마에서 피가 나올 정도로 맨땅에 헤딩하는 예절을 한 것은 순전히 본인 선택이다.

지금은 사라진 한국의 모 정당은 경쟁 정당의 정책에 무조건 반대했다. 그 정책이 설사 온 국민을 편안하게 해주는 것이 할지라도 그러했다.

당시의 인조가 그러했다.

광해군의 중립외교를 깨버리기 위해 쇠락해가는 명나라 편을 들었다가 당한 일이다.

아무튼 시시때때로 이날의 치욕이 떠올랐을 것이다. 그리고 그건 무엇으로도 해소되지 못했을 것이 분명하다.

이는 살아서 지옥에서나 경험할 고통을 겪는 것과 전혀 다를 바 없을 것이다.

아무튼 '해원(解冤)'이란 '원통한 마음을 푸는 것'이다.

현수가 창안한 해원마법은 가슴속의 응어리를 낱낱이 풀어 카타르시스를 느끼게 해주는 것이다.

참고로, 카타르시스(Catharsis)란 그리스어로 정화(淨化)·배설(排泄)을 뜻한다.

정신의학에선 마음에 쌓여 있던 우울, 불안, 긴장 등이 해소되고 마음이 정화되는 것을 의미한다.

몸에 생긴 병은 물의 최상급 정령왕 덕분에 다 나았다.

마음속에 맺힌 응어리도 현수의 연주 덕분에 어느 정도는 풀어지긴 했다.

그럼에도 다 풀어지지 않거나 남은 게 있었다.

그걸 오늘 다 털어놓고 앞으로는 편히 살아가라고 대놓고 감정선을 건드렸다.

대금이 아닌 해금을 선택한 이유가 바로 이 때문이다.

대금은 불어서 연주하는데 이러면 운율에 마법을 싣기 어렵다. 동시에 호흡을 해야 하는 때문이다.

한편, 해금은 현(絃)을 문질러서 연주한다.

이러면 대금보다 훨씬 쉽게 운율에 마나의 기운을 실어 마법을 구현시킬 수 있다.

그 결과 이토록 고요한 것이다.

한 자리에 1만 4,000명이 넘게 있건만 괘종시계가 있다면 초침 가는 소리가 들릴 정도로 고요하다.

마음 깊숙한 곳에 눌러놓았던 어린 시절에 맺힌 응어리들까지 전부 해소되느라 그랬을 것이다.

현수는 관객들이 마음을 추스를 때까지 말없이 기다렸다. 오케스트라 단원들도 고요한 마음으로 앉아 있다.

이번 곡 연주에 참여하지 않은 단원들은 관객들과 전혀 다를 바 없다.

그들도 사람인지라 뭔가 맺힌 것들이 있었는데 삭아서 사라지는 중이다.

침묵은 약 40초간 유지되었다. 깊은 감명을 받았다 하더라도 이례적으로 긴 시간이다.

모두들 공연에 화답하는 것을 잊기라도 한 듯하다. 그러다 일시에 요란한 박수갈채와 함성, 연호가 쏟아진다.
"와아아아아아아아~!"
짝짝짝짝짝짝짝짝짝짝—!
"하인스, 하인스, 하인스 하인스!…"

Chapter 12

기적 발생

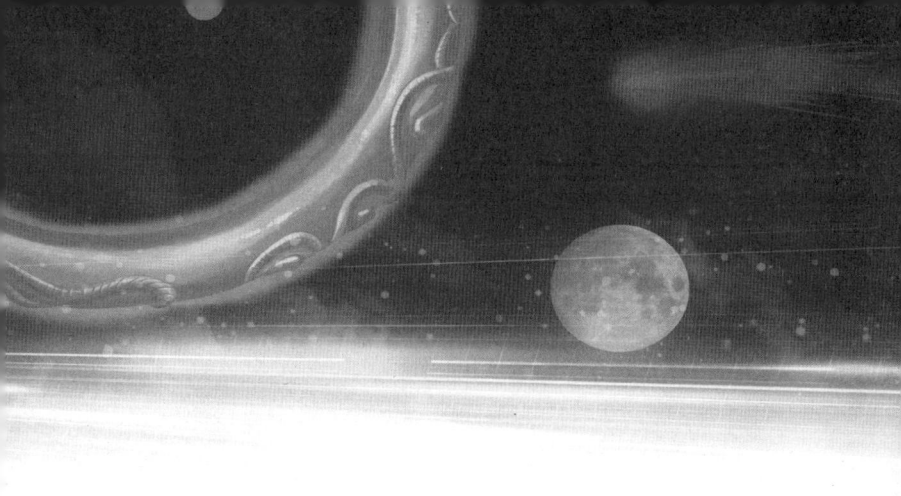

 자리에서 일어난 현수는 정중히 고개 숙여 예를 갖추곤 포디움 쪽을 바라본다. 같이 사례를 하자는 뜻이다. 이에 안드레 류는 오케스트라 단원들까지 다 일어나도록 했다.
 "감사합니다. 오늘 공연 어떠셨습니까? 관객 여러분들의 마음에 드셨는지요?"
 "네! 너무 마음에 들어요!"
 "정말 너무 너무 좋았어요."
 "내 생애 이런 공연은 처음이에요."
 "이런 공연이라면 매일이라도 올 거예요."
 여기저기서 화답하는 소리가 들린다.

"저희가 준비한 레퍼토리는 여기까지입니다."

"엑? 안 돼요! 안 돼요. 더 해줘요!"

"앵콜! 앵콜! 앵콜! 앵콜!…"

정중히 예를 갖추고 물러서려던 현수가 돌아선다. 앵콜 연호가 멈추지 않았기 때문이다.

"앵콜! 앵콜! 앵콜! 앵콜!…"

계속되는 요청에 할 수 없어 안드레 류에게 다가갔다. 그러곤 귓속말로 다음 곡을 의논했다.

여러 곡을 물어봤는데 안드레 류는 연신 고개를 끄덕여 무엇이든 주문만 하라고 하였다.

다시 제자리로 돌아온 현수는 손짓으로 관객들을 자리에 앉게 하였다.

"여기 오케스트라 단원들은 내일도 연주해야 합니다. 그러니 딱 두 곡만 더 연주하도록 하겠습니다. 괜찮죠?"

"네, 좋아요!"

"무엇이든 해주세요."

"하인스 킴 만세! 만세! 만세!"

잠시 후 새로운 곡이 연주되기 시작했다. 불후의 명작으로 널리 알려진 영화 '대부'의 메인 테마 Speak softly love이다.

현수가 잡은 악기는 트럼펫이다.

연주가 시작되기 전 마법을 구현시켰다. 지금부터 들을 선율에 장엄함을 심기 위함이다.

연주가 시작되자 도로시는 1972년에 개봉된 영화 God father의 인상 깊은 장면을 배경 스크린에 띄운다.

제이미 같은 미성년 관객이 있음을 알기에 잔인하거나 선정적인 장면은 없다.

관객들은 금방 영상과 선율에 녹아든다. 워낙 유명한 멜로디라 제이미도 흥얼거린다.

그리 길지 않은 연주가 끝났다.

휘이익! 휘이익—!

"와아아아아아아아—!"

짝짝짝짝짝짝짝짝!…

"킴! 킴! 킴! 킴!…"

모든 관객이 기립하여 박수갈채를 퍼붓는다.

그중엔 영국에서 온 티모시 D. 에르헨도 있다.

올해 17세인데 캠브릿지 대학교에서 컴퓨터 사이언스 학과 2학년에 재학 중인 영재이다.

현수 본인은 모르지만 영국엔 현수의 자서전 비슷한 것이 있다. 작년 9월 현수의 개인재산을 보도했던 인터내셔널 이코노믹 소속 기자 플레딘 에딘버러가 쓴 것이다.

남아프리카공화국 프리토리아 의대에 가서 교통사고로 사망한 한스 킴튼의 동기인 톰슨과 헨리, 그리고 짐머만 교수를 만나고 왔다.

아제르바이잔도 방문하여 그곳에서의 일화도 조사했고, 콩고민주공화국에선 내무장관 가에탄 카구지를 만났다.

그는 한편 영국에서 유학하고 한국으로 돌아간 친구에게 부탁하여 현수에 관한 온갖 자료들을 수집했다.

이렇게 쌓인 자료들을 종합하여 한 권의 책을 냈다. 영국의 베스트셀러인 '하인스 킴의 족적' 이다.

현수 중심으로 묘사되었기에 자서전쯤으로 여겨지고 있다.

티모시는 소아마비를 겪어 정상적인 보행은 물론이고 일어서는 것조차 어려운 장애인이다.

17살이면 컴퓨터 게임 등에 빠져 있을 나이이지만 정신연령이 높아서 그런지 그보다는 독서를 더 좋아한다.

우연히 하인스 킴의 족적이란 책을 접했고, 위인전 읽듯 읽었다. 그러곤 작년 모스크바 데뷔탕트 때 연주를 보았다.

그때 연주된 캐리비안의 해적 OST, 리베르탱고, 치고이너바이젠, 차르다시는 그의 애청곡이 되었다.

이번 공연에 오기 위해 모아놓았던 용돈을 탈탈 털었다. 그러곤 간신히 이 자리에 당도한 것이다.

오늘 공연은 너무나 좋았다.

다이안과 플로렌이라는 그룹을 알게 되었고, 윌리엄 그로모프라는 가수도 처음 알게 되었다.

뭐니 뭐니 해도 가장 좋았던 것은 현수의 연주이다.

여러 악기를 다뤘는데 전부 거장 반열에 올라 있었고, 단 한 번의 실수 없는 완벽한 연주였다.

그러는 동안 심금을 울려 눈물 흘리게 하거나 저도 모르게 발을 구르며 박자를 맞추게 되었다.

그러다 문득 뭔가 이상하다는 생각을 하게 되었다.

감각이 없던 발에서 뭔가가 느껴졌고, 근육이 다 풀어진 장딴지가 팽팽히 당겨지는 것 같았던 것이다.

그러다 저도 모르게 자리에서 일어섰다. 이 정도까지는 전에도 가능했다. 간신히 일어설 수는 있으나 근육이 없으니 벌벌 떨다 금방 주저앉아야 한다.

그런데 그렇지 않다! 힘이 들기는 하지만 전과는 사뭇 다르다. 근육만 조금 더 생기면 다른 사람들처럼 멀쩡하게 걸어 다닐 수 있을 것 같은 기분이 든 것이다.

티모시는 슬그머니 자리에 앉아 장딴지를 만져본다.

노인네의 그것처럼 말랑말랑해야 하는데 살짝 근육이 생긴 것 같다.

물의 최상급 정령이 두 번이나 훑고 지나는 동안 근육이 긴장되었는데 아직 풀리지 않은 상태를 오해한 것이다.

'뭐지? 어떻게 해서 이런 거지?'

티모시가 고개를 갸웃거릴 때 현수는 관객들은 진정시켜 착석케 하였다. 그러곤 마이크 앞에 선다.

"이제 오늘의 마지막 곡을 연주하겠습니다. 여러분들 영화 Sound of music 다 아시죠?"

"네에!"

"1965년에 제작되었으니 엄청 오래되었네요. 이 영화엔 좋은 노래들이 많죠. 그중 도레미송 다 아시죠?"

"네에. 그럼요!"

"이제 그걸 연주할 겁니다. 근데 멜로디만 들으면 조금 심심할 겁니다. 안 그렇습니까?"

"맞아요! 다 같이 노래 불러요."

"우린 가사 다 알아요."

관객들은 다소 흥분된 표정이다.

지금까지는 수동적으로 보고, 듣기만 했는데 이젠 본인들도 참여하는 공연일 수 있기 때문이다.

"오늘 여러분들은 다이안과 플로렌, 그리고 윌리엄 그로모프가 부르는 노래를 들었습니다. 맞죠?"

"네에. 맞아요!"

이구동성이다.

"좋아요! 그럼 이번엔 여러분들도 불러주세요."

"좋아요! 정말 좋아요."

"선창은 다이안과 플로렌이 할 겁니다. 여러분들은 스크린의 가사를 보시고 따라 불러주세요. 아셨죠?"

"네에!"

스태프들은 관객들의 반응을 찍으려 무대 위에 카메라를 설치했다. 그러는 동안 대기실의 다이안과 플로렌은 거울을 보며 화장을 고치는 한편 의상 점검을 했다.

잠시 후, 다이안과 플로렌이 상기된 표정으로 무대에 나타났다. 아까와 달리 객석까지 아주 환하다.

포디움에서 내려온 안드레 류는 객석을 7팀으로 분류했다. 각각이 부를 음은 도레미파솔라시도이다.

몇 번이고 연습을 시키더니 만족스러운 듯 고개를 끄덕이고는 다시 포디움 위로 올라선다.

그러곤 현수에게 시선을 준다. 오케스트라는 준비되었으니 언제든 시작 신호를 보내라는 뜻이다.

무대 뒤 스크린에는 이 노래를 부르는 영화장면이 떠 있다. 영화에서 견습수녀 마리아 역을 맡은 줄리 앤드루스와 폰 트랩 대령의 일곱 자녀가 알프스의 풀밭에 함께 있는 장면에서 멈춰져 있다.

현수가 기타를 집어 들자 다이안은 그의 우측에, 플로렌은 좌측에 선다.

가볍게 튜닝한 현수는 다이안에게 먼저 시선을 주곤 고개를 끄덕였다.

Let's start at the very beginning.
A very good place to start.

다섯이 부르지만 하나처럼 화음을 이루고 있다.
다음은 플로렌이다.

When you read you begin with A. B. C
When you sing you begin with do re mi do re mi…

시련을 나날을 보낸 후 전심전력으로 연습하고 또 연습해서 그런지 플로렌의 화음 또한 만만치 않다.

A. B. C와 두 번째 do re mi는 안드레 류의 수신호에 따라 객석의 관중들이 불렀다.

노래는 이렇게 시작되었다. 기타 소리가 잦아들자 오케스트라가 이를 받아 알아서 연주한다.

한두 번 한 게 아니라 자동이다.

이윽고 마리아 견습수녀와 폰 트랩 대령의 일곱 자녀가 자리에서 일어나 풀밭을 뛰노는 장면이 되었다.

객석에선 안드레 류의 신호에 따라 맡은 파트를 부르면서 화면에서 시선을 떼지 않는다. 객석에 앉아 있지만 영화 속 폰 트랩 대령의 일곱 자녀라도 된 듯하다.

잠시 후, 차례로 자기 음을 부르기 위해 자리에서 일어났다 다시 앉는다.

연습한 것도 아니건만 관객들의 연주는 매우 훌륭했다. 안드레 류의 지휘가 탁월했던 것도 한몫했다.

그보다는 이 영화가 훨씬 더 위대했다.

약 6분에 걸린 노래가 끝났을 때 모든 관객들을 다 자리에서 일어났다. 그러곤 스스로에게 환호를 보낸다.

"와아아아아아아아아아아아아~!"

짝짝짝짝짝짝짝짝짝짝짝짝짝짝짝짝—!

환호와 박수는 이례적으로 한참 동안 이어졌다.

그러는 동안 무대 뒤에 있던 윌리엄 그로모프가 나왔고, 다이안과 플로렌은 그의 뒤쪽으로 물러섰다.

관객들은 이건 뭔가 싶은 표정이다. 도레미송이 마지막이라 하였는데 뭔가 더 있는 것 같았기 때문이다.

그래서 그런지 기대에 찬 표정으로 자리에 앉는다.

현수는 기타를 퉁겼고, 윌리엄은 낮고 굵은 음성으로 에델바이스를 부르기 시작한다.

스크린에는 폰 트랩 대령이 마리아와 일곱 자녀 등이 있는 장면이 시작된다.

가사는 자막으로 흐른다.

Edelweiss. Edelweiss.

Every morning you greet me

Small and white Clean and bright

You look happy to meet me

Bolssom of snow may you bloom and grow

Boloom and grow forever

Edelweiss. Edelweiss

Bless my home land forever

 장면이 바뀌어 폰 트랩 대령이 관객들 앞에서 노래하다 목이 메어 소리를 내지 못하는 장면이 되자 윌리엄 또한 노래를 끊는다.
 이때 마리아가 다가와 노래를 이어 부르는데 다이안과 플로렌이 이에 맞춰 다가서며 부른다.
 그리고 영화 속 관객 부분은 이곳 컨벤션센터에 만장한 관객들이 모두 일어나서 불렀다.
 무엇 때문인지는 알 수 없지만 가슴 벅찬 감동을 느낀 관객들이 있는데 눈물 흘리면서도 웃는 얼굴로 노래를 부른다.
 노래가 끝나자 지금까지처럼 관객들 모두 일어서서 열렬한 박수와 환호를 질렀다.

*   *   *

"와아아아아아아아아아아아아아아아―!"
짜짝짝짝짝짝짝짝짝짝짝짝짝짝짝짝짝짝짝짝짝!…
"최고다! 최고야! 진짜 최고야!"
휘익! 휘이이익! 휘이이익―!
"진짜 더 이상 한이 없다. 너무 좋아~!"
 컨벤션센터 지붕이 날아갈까 두려울 정도로 엄청난 함성이었고, 박수갈채였다.

이렇게 하여 역사적인 공연이 끝났다.

관객들은 더 이상의 앵콜을 청하지 않았다. 마지막 두 곡에 속된 말로 뻑 간 것이다.

하긴 가슴이 더할 수 없이 후련할 것이다.

이런데 무엇을 더 요구하겠는가! 여기에 무엇인가를 추가하면 그건 사족(蛇足)에 불과해진다.

현수는 다이안의 리더 서연, 그리고 플로렌의 리더 은비의 손을 잡고 격식 있는 예절을 갖췄다. 나머지 멤버들 역시 이에 맞춰 정중히 고개를 숙였다.

다음은 안드레 류와 그의 오케스트라의 인사였다.

관객들은 열렬한 환호와 박수로 오늘의 공연을 축하하고, 감사해했다.

"감사합니다. 이것으로 오늘의 공연을 마치도록 하겠습니다. 부디 안녕히 돌아가시길 바랍니다."

사회자의 안내에 따라 관객들 모두 퇴장했다. 많은 돈을 내고 입장한 사람들답게 별 소란 없이 질서정연했다.

"다이안과 플로렌 모두 수고했어."

"네! 대표님도요."

"미스터 그로모프도 수고했어요."

"에이, 그냥 윌리엄이라 부르시라니까요. 그리고 고맙습니다. 덕분에 정말 큰 기회를 잡았네요."

"고맙기는요. 윌리엄이 적임자였어요."
"그리 생각해주시니 너무 고맙습니다."
일행의 노고를 치하한 현수는 안드레 류에게 다가갔다.
"고생하셨어요. 오늘 연주 아주 좋았고 만족스러웠습니다."
"웬걸요, 대표님의 연주가 훨씬 더 좋았습니다."
"하하! 그랬나요?"
"네, 웬 악기를 그리 잘 다루시는지요? 저는 겨우 바이올린 하나인데. 정말 부럽습니다."
"이거 엄살인 거죠?"
"하하! 그렇게 들렸나요? 아무튼 언제든 우리 악단이 필요하면 불러만 주십시오."
"네! 내일도 수고해주십시오."
"당연하신 말씀입니다."
안드레 류 악단은 본래도 유명했다. 그런데 오늘 그 유명세에 로켓 엔진을 달아 하늘 끝으로 올려 보냈다.
세계 3대 오케스트라를 꼽으라면 베를린, 빈, 뉴욕 필하모닉을 언급한다. 그런데 오늘 안드레 류 오케스트라가 그들보다 더 유명해진 것이다.
공연이 끝나고 관객들이 썰물처럼 빠져나가고 채 5분도 지나지 않았다. 그런데 세계 각지의 매체를 통해 수없이 많은 기사들이 쏟아진다.

오늘 공연은 단 한 번도 삑 사리가 없었다.

공연 중 휴대폰 벨이 울리지도 않았고, 누군가 화장실로 가기 위해 자리에서 일어나지도 않았다.

기침을 하여 분위기를 깬 사람도 없고, 곡이 끝나기도 전에 환호하거나 박수를 치는 일도 없었다.

연주자와 관객 모두 노력한 결과이다. 그래서 그런지 기사 내용은 칭찬 일변도이다.

천사 다이안! 바하마에 강림하다.
대형 신인 플로렌이 등장하여 세계를 강타했다.
윌리엄 그로모프! 그는 누구인가?
안드레 류 더욱 유명해지다.
하인스 킴이 못 다루는 악기는 무엇인가?
희열과 감동이 범벅된 무결점 공연!
다시는 없을 완벽한 공연이었다.

아티스트와 공연을 칭찬하는 기사가 대부분이다. 그런데 이상한 기사들이 우후죽순으로 올라오기 시작한다.

공연 끝나고 나니 아토피가 없어졌어요.
저는 다리에 근육이 생겼나 봐요. 이젠 일어설 수 있어요.
중이염 때문에 엄청 고생했는데 왜 안 아프죠?

노래를 들었을 뿐인데 무좀이 사라졌어요.
다래끼가 있었는데 없어졌어요.
공연을 보고 왔더니 속이 후련해요.
앗! 이게 웬일? 혈당치가 정상이에요.
모든 질병이 사라지는 기적 발생하다!

 물의 최상급 정령 엘리디아와 현수의 치유마법 덕분에 질병으로부터 자유롭게 된 사람들의 이야기들이 올라오자 사기치지 말라는 댓글이 달린다.

 붕신! 음악은 귀로 듣는데 왜 무좀이 없어져?
선율이 중이의 염증을 치료했다고? 뻥치시네.
다리에 근육이 생겼다는 놈은 뭐냐? 비융신!
아토피와 음악의 상관관계를 논술하시오.
다래끼는 공연과 어떤 관계가 있을까?

 욕설이 난무하여 절로 눈살이 찌푸려지는 댓글도 많았다.
 한편, 공연장 밖으로 나온 제이미는 그레고리의 손을 잡은 채 사방을 두리번거린다.
 캐서린이 보이지 않아서 그런다.
 같은 시각, 캐서린은 컨벤션센터 깊숙한 곳에 위치한 화장실에서 쾌변을 만끽하고 있다.

공연이 길어지자 언제 나오나 싶어 문 앞에서 기다리고 있었는데 어느 순간 뱃속이 부글부글 끓는 느낌이었다.

뭘 잘못 먹었나 싶어 고개를 갸웃거리며 화장실을 찾았다.

컨벤션센터는 이번 공연 때문에 급히 개장되었다. 그러다 보니 모든 것이 완벽한 것이 아니다.

캐서린이 있던 곳은 일반 객석이 아닌 공연과 관련되어 초청된 사람들을 위한 출입구이다.

그런데 이번 공연엔 초청된 사람이 없다. 그래서 그랬는지 화장실 표지판을 붙여놓지 않았다.

급해진 캐서린은 잠시 두리번거리다가 무작정 어느 복도로 들어갔고, 잠시 헤맨 끝에 변기 위에 안착할 수 있었다.

갑작스레 부글부글 끓은 듯한 느낌은 뭘 잘못 먹어서가 아니라 만성변비가 치료되는 현상이었다.

당장이라도 쏟아질 것 같았지만 실제로는 그렇지 않다. 한 번도 경험하지 못한 감각이라 착각한 것이다.

무사히 변기에 걸터앉았지만 쏟아질 것 같은 변은 나오지 않았다. 하여 잠시 끙끙거렸다.

그렇게 약간의 시간이 흐른 후 손가락 굵기의 변이 나오기 시작한다. 아주 고약한 냄새를 풍겼는데 끊어지질 않는다.

이러다 변기가 꽉 차는 건 아닐까 싶은 정도로 계속해서 나왔지만 끊고 일어설 수 없었다.

게다가 만성변비 환자에겐 똥 싸는 것이 축복이다.

기적 발생

하여 계속 끙끙거렸다. 그러다 너무 많이 쌌다 싶어 물을 한번 내렸는데 그래도 계속 나온다. 그러는 동안 화장실 전체로 고약한 냄새가 번져갔다.

환풍기가 돌고 있었지만 소용없다. 냄새가 훨씬 강력했다.

그렇게 한참의 시간이 흐르는 동안 관객들이 썰물처럼 빠져나갔다. 제이미와 그레고리도 그들 중 하나이다.

캐서린은 잠시 더 기쁜 시간을 즐긴 후 휴지를 잡아당겼다. 기억이 정확하다면 최근 10년 중 가장 쾌변이었는지라 기분이 매우 좋고 후련했다.

하여 콧노래를 흥얼거렸다. 가장 마지막으로 연주되었던 에델바이스이다.

문을 열고 나와 손을 씻는데 누군가 들어온다.

"……!"

포스터에서 본 다이안의 멤버 예린이다.

"으으! 냄새…"

환풍기에 의해 아직 빠져나가지 못한 냄새는 너무 지독했기에 얼른 코를 잡는다. 그러다 캐서린과 시선이 마주쳤다.

"어머! 죄송해요."

상대가 무안할까 싶었던 것이다. 이런 걸 보면 예린의 인성을 충분히 짐작할 수 있다.

"아니, 아니에요. 미안해요. 배가 너무 아파서…."

이때 또 들어서는 사람이 있다. 정민이다.

"요오! 예린, 뭐 해? 응야 싸려고…? 으윽! 냄새."

정민에 이어 연진, 세란, 서연도 들어섰는데 다들 코부터 틀어쥔다.

"윽! 예린! 방구 뀐 거야?"

"아니! 나 아냐."

"……! 미, 미안해요."

캐서린은 얼른 손을 씻곤 후다닥 밖으로 튀어나갔다. 얼굴은 부끄러움 때문에 붉게 상기되었다.

캐서린이 나왔을 때는 공연장 문이 다 열려 있고, 관객들이 모두 빠져나간 뒤였다.

황급히 두리번거리며 제이미를 찾았지만 보이지 않았다. 하여 서둘러 주출입구로 향했다.

수많은 사람들로 북적이고 있었는데 이리저리 돌아다니며 찾아봤지만 딸은 보이지 않았다.

갑자기 불안한 마음이 들었다.

겉보기엔 멀쩡해도 소아성애자인 사람들이 있다.

혹시 아까 보았던 그레고리 오닐이 그런 사람이 아닐까 싶은 마음이 들자 등에서 식은땀이 솟는다.

그러자 캐서린의 움직임이 빨라진다. 사람들 사이로 이리저리 옮겨가면서 제이미를 찾기 시작한 것이다.

그렇게 2~3분이 지났다.

캐서린의 호흡은 빨라졌고, 얼굴은 상기되었다.

혹시라도 제이미가 잘못되면 어찌하나 하는 생각 때문에 급격히 불안하고 초조해진 것이다.

그러다 멀지 않은 곳에서 제이미와 그레고리를 발견하였다. 딸의 손에는 뭔가 들려 있다.

얇은 팬케이크를 둘둘 말고 그 안에 아이스크림을 넣은 길거리 음식을 파는 푸드 트럭 앞에 있었던 것이다.

제이미의 손에 들린 것은 크레페일 것이다. 그레고리는 장사꾼에게 값을 치르고 있었다.

"휴우~!"

안도의 한숨을 쉬고는 얼른 다가갔다.

"제이미!"

"어! 엄마! 어디 있었어? 한참 찾았는데."

"저기 화장실에."

"그레고리 아저씨가 이거 사줬다. 헤에!"

제이미가 내민 크레페엔 아이스크림이 들어 있었다.

일기 온화하고 따뜻한 휴양지인 바하마에 있기는 하지만 딸은 아직 환자이다.

"제이미, 너는 환자야! 이렇게 찬 음식 먹으면 안 된다고 의사 선생님이 말한 거 설마 잊은 거니?"

"알지! 근데 괜찮아. 나 지금 컨디션이 너무 좋아."

말을 마친 제이미는 깡충깡충 뛰기까지 한다. 혈색도 좋아 보이긴 한다. 그러다 문득 떠오르는 기억이 있었다.

제이미와 같은 병원에서 치료받던 피터라는 아이이다.

한 살 어렸는데 그 아이도 소아백혈병을 앓았고, 먼저 하늘나라로 갔다.

세상을 뜨기 하루 전 갑자기 피터의 컨디션이 좋아졌다.

하여 미끄럼틀과 그네를 타면서 깔깔거리며 웃었다. 그리고 다음 날 새벽 호흡을 멈췄다.

소아병동 보호자들 사이에는 은밀히 전해지는 말이 있다.

중병을 앓던 아이가 갑자기 좋아지면 뭔가 이상한 것이니 즉시 의사에게 보이라는 것이다.

가만히 있었던 환자들 대부분 하루나 이틀을 넘기지 못하고 세상을 떴다는 이야기를 했다.

캐서린은 심장이 덜컥하는 기분이었다. 폴짝폴짝 뛰는 제이미의 모습이 심상치 않았던 것이다.

이때 그레고리가 크레페를 내민다.

"이거 하나 드실래요?"

"네? 아! 고맙지만 괜찮아요."

아까 먹으려 했던 샌드위치는 버렸다. 펜실베니아에서 만들어 이곳까지 가져오는 동안 상했기 때문이다.

하여 살짝 배가 고팠다. 그런데 지금까지 온 마음이 제이미를 찾는데 집중하였기에 그걸 잊은 것이다.

마음은 그렇지만 몸은 그렇지 않다. 더군다나 현재는 창자의 모든 내용물이 비워진 상태이다.

꼬륵! 꼬르륵—!

어서 음식물을 넣어달라는 듯 묘한 소리를 낸다. 그레고리 오닐이 피식 웃으며 크레페를 다시 내민다.

"그냥 드세요. 근데 제이미가 어디 아파요?"

Chapter 13
—
인연이라면

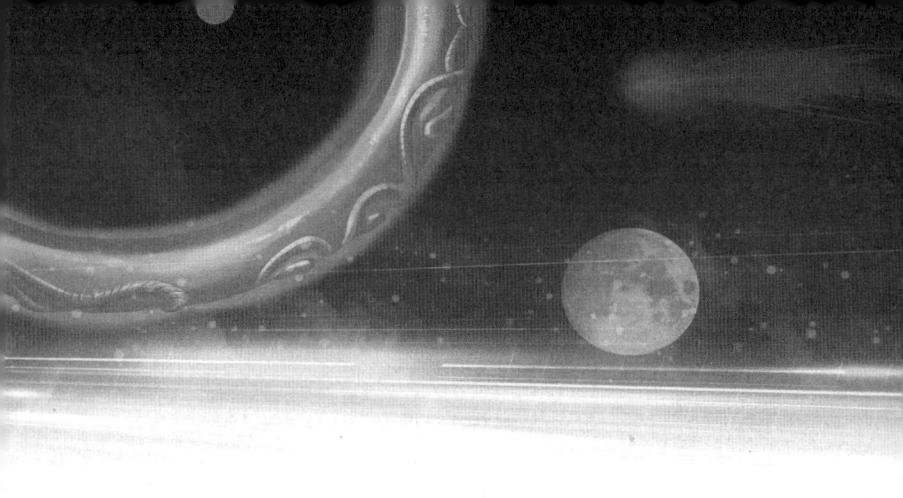

"사실… 소아백혈병을 앓고 있어요."

"네에…?"

진심으로 놀란 표정이다.

항암치료 때문에 머리털이 다 빠져서 비니를 쓰고 있기는 하지만 패션인 줄 알았다. 너무 발랄하고 쌩쌩해서이다.

수다는 얼마나 떠는지 공연 내내 입을 다물고 있었던 게 정말 다행이라는 생각이 스친다.

"근데 여긴 어떻게 왔어요?"

소아백혈병이 결코 쉽지 않은 질병이라는 걸 너무나 잘 알기에 묻는 말이다.

"하인스 킴의 공연을 보는 게 소원이라고 해서…."
"아! 네에."
그레고리는 안타깝다는 시선으로 제이미를 본다. 오랜만이라 그런지 아이스크림을 아주 맛있게 먹고 있다.

아주 귀여운 소녀이다. 그런데 나쁜 병에 걸렸다니 심히 유감이다. 그러다 문득 들고 있던 크레페에서 녹은 아이스크림이 뚝 떨어진다.

"참! 이거 녹기 전에 얼른 먹어요."

그레고리는 왼손의 것을 건네며 오른손의 것을 들어 보인다. 본인 먹을 게 있으니 부담 갖지 말라는 뜻이다.

이런 호의는 받아들이는 것이 예의이다.

"아! 고마워요. 잘 먹을게요."

캐서린은 손을 내밀어 크레페를 받아든다. 그런 그녀의 어깨엔 붉은색 숄이 걸쳐져 있다.

제이미가 공연을 구경하고 나오면 체온을 잃지 말라고 덮어주려 가지고 온 것이다.

이 숄은 꽤 오래 썼다. 제이미를 낳기 전 만삭일 때 구입한 것이다. 제법 쌀쌀한 늦가을이라 그랬다.

이후로도 매년 늦가을부터 초봄까지 애용했다. 당연히 여러 번 세탁했다. 그래서 그런지 낡았다.

올이 풀려서 한가락이 길게 나와 있었는데 크레페를 받으려 손을 내밀 때 같이 말려가서 그레고리의 손에 감긴다.

캐서린은 이를 모르고 크레페를 받아 얼른 입에 댔다. 한편 그레고리는 이 실을 떼어내려다 생각에 잠긴다.

아까 하인스 킴이 연주했던 가슴 절절한 곡의 가사 한 구절이 떠오른 것이다.

당신이 어디 있든 내가 찾을 수 있게
손과 손에 붉은 실이 이어진 채 왔다 했죠

말은 안 했지만 그레고리에게도 딸이 있었다. 소아 재생불량성 빈혈을 앓다가 세상을 떴다.

아이가 죽자 아내도 떠나 지금은 홀몸이다.

변호사로서 투자자로서 바쁜 삶을 살고 있지만 어떤 때는 지독한 고독감을 느끼곤 한다.

딸이 살아 있다면 제이미보다 한 살 많았을 것이다. 그래서 제이미를 돌봐주겠다고 자청했던 것이다.

그레고리의 상념을 끊은 것은 제이미였다.

"아저씨! 다 먹었어요."

"오! 그래? 더 먹을래? 배 안 고파? 이번엔 타코 어때?"

"네! 좋아요."

제이미는 천진난만한 미소를 지었다. 그레고리는 얼른 아이스크림을 먹어치우곤 타코 트럭으로 향한다.

"붉은 실…. 이게 혹시 동양에서 말하는 인연인 건가?"

나직이 중얼거린 그레고리는 타코를 주문하곤 기다렸다.

캐서린은 아이스크림 먹느라 혀를 날름거렸고, 제이미는 멀리 몰려 있는 한 떼의 사람들에게 시선을 주고 있다.

    ＊   ＊   ＊

평양과 바하마는 시차가 14시간이다.

한편, 조선민주주의인민공화국 국무위원장 김정은은 2017년 1월 26일 오전 9시에 공산당 체제를 포기하며 국가 영토 전체를 조건 없이 하인스 킴에게 헌납하겠다는 발표를 했다.

바하마 시간으로는 2017년 1월 25일 오후 7시, 어젯밤에 벌어진 일이다.

따라서 공연 시작 전에 이 소식이 전해졌고 모든 신문과 방송들이 온갖 호들갑을 떨었다.

개인이 국가에 속하게 되는 일이야 얼마든지 있지만 개인에게 국가가 헌납되는 일은 처음이다.

아마도 인류역사상 최초이자 마지막인 일일 것이다.

기자들은 당장이라도 달려들어 김정은의 제의를 받아들일 것인가 여부를 묻고 싶었을 것이다.

하지만 어느 누구도 현수에게 접근할 수가 없었다.

너무도 진지한 태도로 오늘 공연을 대비한 연습을 하고 있었고, 경호원들이 사방에 깔려 있었던 때문이다.

연습실에 다이안과 플로렌, 그리고 윌리엄뿐만 아니라 안드레 류와 그의 오케스트라 단원들도 있었다.

현수는 사전에 알고 있었지만 전혀 내색하지 않고 연습에 몰두했다. 별일 아니기 때문이다.

너무도 열심이었기에 궁금했지만 아무도 물어보지 못했다.

그런데 드디어 공연이 끝났다.

기자들은 리조트 주차장에 몰려 있었다.

관객들이 모두 빠져나가면 그때 취재를 허락한다는 통보를 받았기에 대기하는 중이다.

방금 전 제이미가 본 한 떼의 군상이 바로 이들이다.

캐서린과 제이미, 그리고 그레고리 주변에 있던 관객들은 빠른 속도로 줄어들고 있다.

제법 늦은 시각이었기에 다들 저녁 먹으러 흩어진 것이다.

"숙소는 어디에요?"

"음, 우린 저쪽 해변으로 가야 해요."

"에? 저기요? 저긴 아무것도 없는데요?"

그레고리는 이상하다는 표정을 지었다. 캐서린이 가리킨 해변엔 모래만 있기 때문이다.

"해변 텐트를 렌트했어요."

"에에? 텐트라면 화장실도 없는…?"

"자러 가기 전에 볼일 해결하고 가면 돼요."

"……! 그럼 내일 아침 식사는 어떻게…?"

"첫 비행기를 타요. 공항에서 적당히 때우면 돼요."
"제이미, 환자라고 하지 않았어요?"
"그럼 어떻게 해요? 숙소를 구할 수 없는데요."
"멀지 않은 곳에 내 별장이 있어요. 방 많으니까 오늘은 거기서 머물러요. 아침 되면 공항까지 태워다 줄게요."
"미스터 오닐! 고마운 제안이에요. 하지만 오늘 처음 뵈었는데 어떻게 폐를 끼치겠어요? 고맙지만 사양할게요."
"그러지 말아요. 아픈 딸을 생각해야지요. 자랑 같겠지만 제 별장은 바닷가에 있어요. 창으로 내다보는 풍광이 아주 좋죠. 마당엔 그네도 있어요. 바비큐 시설도 다 있구요."
캐서린이 뭐라 대답하기도 전에 제이미가 끼어든다.
"와아! 그네 좋아요. 엄마! 우리 그네 타러 가요."
"제이미…!"
"차 저쪽에 있어요. 가요!"
제이미는 얼른 그레고리의 손을 잡는다. 좀처럼 곁을 내주지 않는 까칠한 아이인데 오늘은 참 이상하다.
잠시 후, 그레고리의 차가 떠났다. 그리고 통제되던 주차장 출입구가 열리자 기자들이 우르르 몰려든다.
아무리 적게 잡아도 300명은 넘는 듯하다.
스태프들은 화살표 표시가 된 팻말로 이들을 컨벤션센터 안으로 유도했다.
한편, 현수는 무대 뒤 출연자 대기실에 있다.

연미복은 벗었고, 캐주얼한 복장이다. 그렇다 하여 흰 티에 청바지는 아니다.

흰 바탕에 연한 파란색 줄무늬가 있는 반팔 셔츠에 베이지색 바지를 입었다. 지오다노 제품으로 합쳐서 6만 7,000원에 구입한 것이다.

손목시계는 해리엇(Harriot)이다. 구입가 15만 원이다. 흰색 캐주얼화는 프로스펙스 제품이다.

그러고 보니 걸치고 있는 상·하의, 시계, 운동화, 양말, 팬티까지 모두 국산브랜드이다.

이번 여행에 앞서 김지윤이 구입해온 것이다.

백화점엔 더 비싼 제품들도 많이 있다. 그런데 현수는 반드시 국산 브랜드만 구입하라는 말을 했다.

비싸다고 반드시 다 좋은 것은 아니다. 그리고 비싼 돈을 주고 사서 그 회사의 로고를 대신 광고해줄 이유가 없다.

현수는 웬만큼 알려진 국산 브랜드는 품질을 믿을 만하다고 하였다. 그러니 괜한 돈 낭비하지 말자고 하였다.

지윤은 전혀 이의를 제기하지 않았다.

한때는 본인도 명품백을 몹시 가지고 싶어 했다. 철없던 어린 시절의 이야기이다.

대학 졸업 후 천지건설에 취업한 후엔 생각이 바뀌었다.

몇백~몇천만 원이나 하는 그것은 일종의 낭비이자 사치라 생각하게 된 것이다.

본인이 받는 월급보다 많은 금액을 고작 가방을 구입하는 데 쓰는 것이 지극히 어리석은 일이라고 자각한 것이다.

혹자는 본인 만족을 위한 것이라 강변하지만 까놓고 들여다보면 남들에게 과시하기 위한 목적이 훨씬 더 크다.

다시 말해 '나 이런 가방 들고 다니는 사람이야.' 라고 으스대고 싶어서 명품백을 구입하는 것이다.

이런 사람들은 타인으로부터 인정받고 싶어 하는 욕구가 매우 크다. 그런데 자세히 살펴보면 뭔가 결핍되어 있다.

들고 다니는 가방은 명품일 수 있지만 사람 자체는 결코 명품이 아닌 것이다. 대부분 재래시장에서 파는 후줄근한 떨이에 불과할지도 모른다.

외관상 미모가 떨어지거나, 몸매가 별로이고, 머리엔 뇌 대신 우동사리가 들어 있는 것을 감추기 위해 비싼 명품 가방을 들고 다니는 것이다.

내면적으로 사치, 낭비, 허영, 과시 같은 절대로 권장하지 못할 욕구를 채우고 싶은 욕망이 있을 수도 있다.

김지윤은 두뇌, 성품, 미모, 몸매 모두 빼어나다.

이러니 시장에서 파는 만 원짜리 원피스를 입고, 5,000원짜리 비닐가방을 들고 있어도 괜스레 멋져 보인다.

사람 자체가 무엇 하나 결핍된 것이 없는 명품이니 굳이 사치와 낭비에 돈을 쓸 하등의 이유가 없는 것이다.

기자회견을 준비하고 있는 현수가 바로 그러하다.

외모, 몸매, 두뇌, 학식에서 무엇 하나 빠지지 않는다.

외모와 몸매야 더 나은 사람이 얼마든지 있을 수 있다.

하지만 그 사람 중 어느 누구도 그 상태를 100년 이상 유지할 확률이 없다. 하지만 현수는 가능하다. 2317년이 되어도 현재의 외모와 몸매가 그대로 유지된다.

두뇌와 학식은 46억 년 지구 역사상 최고이다. 앞으로도 영원히 현수를 따라잡을 사람이 없다.

성품은 또 어떠한가!

모든 분야에 분명한 자기 기준이 있다. 이미 현자(賢者) 반열에 올랐으니 완성된 인격까지 갖추고 있다.

그렇기에 값비싼 명품이 아닌 평범한 의복, 시계, 신발을 신고 있어도 대단히 멋지게 보인다.

"자기! 기자회견 준비되었대요."

"알았어."

휴대폰을 보고 있던 지윤의 말에 자리에서 일어난 현수는 전신거울 앞에 서서 이리저리 비춰본다.

잠시 후, 무대 위로 현수가 나타나자 모든 카메라가 일제히 플래시를 터뜨린다. 눈이 부셨지만 그대로 견디며 준비된 단상 앞으로 향했다.

"이제 하인스 킴 님의 기자회견이 시작됩니다. 질문은 모든 발표가 끝난 후에 해주시기 바랍니다."

공연 사회를 맡았던 스태프의 말에 기자들은 일제히 고개를 끄덕인다.

 현수를 설명하는 여러 형용사들이 있다. 그중 가장 큰 힘을 발휘하는 것은 세계 최고의 부자라는 것이다.

 2017년 1월 26일 영국의 인터내셔널 이코노믹은 현수의 개인재산에 관한 기사를 실었다.

 여러 근거를 제시했는데 결론은 '하인스 킴의 개인재산은 약 1조 2,500억 달러로 추정된다.'는 것이다.

 이는 도로시의 계산과 약간 다르다.

 현수가 Y—인베스트먼트에 추가로 출자한 700억 달러를 확인할 수 없었기 때문일 것이다.

 어쨌거나 개인재산이 1,468조 7,500억 원가량이다. 그리고 날마다 엄청나게 늘어나고 있다.

 참고로, 2017년 대한민국 국가 예산은 약 400조 원이다.

 인터내셔널 이코노믹의 기자들은 Y—인베스트먼트의 규모에 대한 조사도 병행했다.

 물론 알아낸 것은 거의 없다.

 한 가지 확실한 것은 운용금액이 10조 달러는 넘는다는 것이다. 1경 1,750조 원 이상을 다룬다는 것이다.

 이는 대한민국 국가 예산의 약 30배이다.

 그런데 이 결론은 터무니없다. 제대로 된 자료에 접근할 권한이 없어 주먹구구식으로 추산한 결과일 뿐이다.

 실제로 도로시가 운용하고 있는 Y—인베스트먼트의 총자

산은 약 226조 7,000억 달러이다.

*　　　　　*　　　　　*

한화로 26경 6,542조 5,250억 원가량이다. 이는 2017년의 대한민국을 660년 이상 유지할 수 있는 금액이다.

이러니 북한 전역을 헌납 받아도 충분히 발전시킬 수 있는 것이다.

어쨌거나 기자들은 세계 최고의 부자를 불편하게 할 생각이 조금도 없다. 돈이 권력인 세상이니 잘못 보였다가 사회적 매장을 당할 수 있음을 잘 아는 것이다.

현수는 몰려 있는 기자들을 내려다보며 마이크 앞에 섰다.

"나는 이곳 시간으로 어제 저녁에 조선인민주의민주공화국의 김정은 국무위원장이 나라 전체를 내게 헌납하겠다는 발표를 했다는 것을 알게 되었습니다."

현수는 잠시 말을 끊었다. 현수의 발언을 실시간 기사로 송고하던 기자들은 일제히 고개를 든다.

"결론부터 말하면 그 제안을 수락합니다. 이제 한반도 이북지역 전체는 공산당 체제가 아닌 내가 국왕이 되어 통치하는 왕국이 됩니다."

어제 늦은 시각 바둑 승패에 관한 베팅을 하는 사이트에 새로운 종목이 올라왔다.

왕국 헌납을 수락할지 말지에 대한 베팅을 유도한 것이다.

그 결과 '받는다 vs 안 받는다'의 백분율은 18% : 82%로 베팅되었다. 안 받는다는 쪽이 4.5배가량 많다.

조금 전 기자회견이 시작되기 직전에 마감된 결과이다.

수락한다는 쪽에 베팅한 사람들은 북한의 폐쇄사회와 값싼 노동력, 그리고 막대한 지하자원은 통치에 지극히 유리한 조건이라는 의견이다.

반면 안 받겠다는 쪽은 굶주린 2,500만 명과 낙후된 인프라를 개선하는 것은 밑 빠진 독에 물 붓기라는 의견이다.

괜히 받았다가 본인의 재산만 탕진되면 어디에 하소연조차 할 수 없으니 받아선 안 된다는 의견을 낸 것이다.

그런데 방금 18% 쪽이 이겼다.

상대적 소수였으니 당연히 배당금이 꽤 된다.

이곳 컨벤션센터에선 들리지 않지만 리조트 이곳저곳에서 환호성을 터뜨린다. 18%에 베팅했던 사람들일 것이다.

"21세기인 현재 왕정을 하겠다는 것이 의아한 사람들도 있을 것입니다. 나는…."

잠시 현수의 발언이 이어졌다.

새로 건국될 국가 명칭은 이실리프 왕국이다.

한반도 이북지역뿐만 아니라 콩고민주공화국의 내륙, 슬라브 3국의 접경지대의 조차지 역시 같은 왕국이다.

각기 동떨어진 3개 국가의 국왕은 하인스 킴 본인이다.

같은 왕국이지만 지역을 구분하기 위해 별칭 '아르센', '콰트로', '마인트' 라 붙을 예정이다.

다시 말해, '이실리프 왕국 아르센 지역', '이실리프 왕국 콰트로 지역', 그리고 '이실리프 왕국 마인트 지역' 이라는 명칭이 된다는 뜻이다.

나중에 제국 선포 후 칭제(稱帝)를 하게 되면 이실리프 제국 아르센 왕국, 이실리프 제국 콰트로 왕국, 이실리프 제국 마인트 왕국이 될 예정이다.

현수의 말이 모두 끝났다. 신호를 받은 사회자가 얼른 마이크를 당긴다.

"이제부터 질문을 받겠습니다. 질문이 있으신 분은 손을 들어주십시오. 전하께서 지목하시면 그때 질문하십시오."

말 떨어지기 무섭게 모두의 손이 번쩍 올라간다. 현수는 그 중 하나를 지목했다.

"감사합니다. 저는 르 몽드의 피비앙 올랑드입니다. 전하께 여쭙겠습니다. 국왕에 즉위하시면 직접 통치하실 겁니까? 어떤 방식으로 통치하실 것인지 말씀해주십시오."

"내가 국왕에 즉위하면 당연히 직접 통치할 생각입니다. 우리 이실리프 왕국에서는…."

잠시 현수의 말이 이어진다. 그 내용은 다음과 같다.

모든 공무원은 국왕이 직접 채용한다.

번거롭고, 많은 비용이 지출되며, 자원이 낭비되고, 국론 분열이 우려되는 선거 따위는 치르지 않는다.

애초에 모든 국민에게 동일한 투표권을 부여하는 것 자체가 문제이다.

내일 모레 관 속에 들어갈 노인이 올바른 판단을 할까?
수십 명을 살인한 살인범은 또 어떤가?
정신에 문제 있는 한정치산자에게도 정상인과 동일한 투표권을 부여하는 것은 올바른가?

이런 것들이 모인 것을 국민의 뜻이라고 한다.
예전엔 고무신 한 켤레를 사주면 그쪽에 기표했다. 세월이 지나자 노인들에게 관광을 시켜주고 표를 얻기도 했다.
이는 표를 돈 주고 사는 것이나 다름없다. 이러면 투표를 해도 그 결과가 항상 현명할 수 없다.
그럼 안 하는 것이 옳다.
그러니 국무총리부터 주민센터 창구직원까지 몽땅 다 국왕이 직접 임명한다. 잘하면 정년퇴직 없이 근무하겠지만 그렇지 못하면 즉시 퇴출이다.
이실리프 왕국의 공직엔 연공서열이란 것이 없다.
실력과 능력이 있으면 높은 자리로 승차하고, 그에 따른 합당한 책임감을 요구한다.
나이가 많다고, 오래 근무했다 해서 반드시 높은 자리에 오르는 것이 아니라는 뜻이다.

이에 불만이면 그만두면 된다. 나가는 건 말리지 않지만 다시 돌아오는 건 거의 불가능하다.

영토방위를 위한 군대를 창설하기는 하지만 징병제가 아닌 모병제로 운영한다. 말은 이렇게 했지만 군인으로 채용되는 자는 그리 많지 않다.

완벽한 방어 시스템과 전투로봇들이 병사와 부사관, 장교들을 대체할 것이기 때문이다.

군인에겐 당연히 합당한 급여가 지불된다.

사고 없이 복무를 끝내고 전역한 자에겐 근속기간에 따라 각종 시험에 가산점 혜택을 준다. 일반 공무원에 비해 근무여건이 나빠서가 아니라 훈련이 힘들기 때문이다.

사법체계는 3심 제도를 운용한다.

1심과 2심 재판부는 전부 A.I 판사가 맡는다.

지극히 냉정하며, 논리적이고, 뇌물이나 외압 등으로부터 완전히 자유롭다. 요 대목에서 한국의 일반국민들이 잘 알지 못하는 역사적 사실을 예로 들었다.

1905년 11월 17일의 대한제국은 '을사늑약'을 체결했다.

조약(條約)이라 하지 않고 '늑약(勒約)'이라 하는 이유는 '강압에 의해 억지로 맺은 조약'이기 때문이다.

참고로, 조약은 국가 간의 권리와 의무를 합의에 따라 법적 구속을 받도록 규정하는 행위이다.

당연히 양쪽의 자유의사에 따른 행위여야 하는데 을사늑약은 그러지 못했던 것이다.

 어쨌거나 을사늑약으로 인해 대한제국은 일본제국에게 외교권을 양도해야 했고, 통감부 설치를 용인해야 했다.

 이로 인해 대한제국은 반식민지가 되었다.

 참고로, 초대 통감으로 부임한 놈은 안중근 의사에 의해 폐사한 이토 히로부미이다.

 아무튼 을사늑약 체결에 찬성하여 나라를 팔아먹었던 자들은 학부대신 이완용, 군부대신 이근택, 내부대신 이지용, 외부대신 박제순, 농상공부대신 권중현이다.

 이들 매국노(賣國奴) 다섯을 우리는 을사오적(乙巳五賊)이라 부르고, 두고두고 욕을 하고 있다.

 그런데 이들의 또 다른 공통점이 있는데 이를 아는 사람은 지극히 드물다.

 그것은 '모두 판사 출신'이었다는 것이다.

 대한민국에선 입법부에서 법을 바꾸려 해도 판사가 '위헌'이라고 판결하면 도로아미타불이 된다.

 입법부에서 새로운 법안을 만들어도 갖은 핑계를 대어 이를 무산시킬 수 있는 것이 판사이다. 실제로 코에 걸면 코걸이, 귀에 걸면 귀걸이 같은 궤변으로 그렇게 한다.

 예를 들어, 투기과열지구에 시세 10억 초과인 아파트는 대출을 금지하는 법안이 만들어졌다.

부동산 투기를 제어할 목적인 법안이다. 그런데 심히 부당하다는 요지로 헌법소원이 제기되었다.

 이를 심사할 헌법재판소의 A와 B 등 4명의 재판관은 새 아파트를 구입하려던 차이다. 사기만 하면 시세가 왕창 올라서 막대한 시세차익을 거둘 수 있기 때문이다.

 그러려면 은행에서 대출을 받아야 하는데 법안대로라면 돈이 부족하여 아파트를 구입할 수 없다.

 헌법재판소에는 9인의 재판관 전원으로 구성되는 '전원재판부'와 3인으로 구성되는 '지정재판부'가 있다.

 심판청구가 들어오면 1차로 지정재판부의 사전심사를 거친다. 이를 통과하면 전원배판부에서 관장한다.

 만일 위헌 결정을 하게 되면 법안은 폐기된다. 그러려면 재판관 6인 이상의 찬성이 있어야 한다.

 그런데 4명의 재판관이 아파트를 사서 차익을 얻으려는 욕심으로 이 법안을 기각시킬 수도 있다.

 이때 판결문에 이런 구절을 넣을 수 있다.

 대출규제는 국민의 재산권에 영향을 주는 정책이며, 법적 근거가 없어 기각한다.

 누구의 재산권인지 지극히 모호하지만 어쩌겠는가! 재판관이 이렇게 판결하면 대출금지 법안은 폐기된다.

3권이 분립되어 있다고 하지만 사실상 판사가 입법부보다 우위에 있으며 입법행위를 방해할 수 있는 것이다.

이러면 3권 분립이란 건 허울 좋은 말뿐인 제도이다.

그래서 그랬는지 대한민국의 사법부에선 구린내가 심하게 났다. 물론 현재는 전혀 그러지 못한다.

수많은 전·현직 판사들이 고통에 겨운 비명을 내지르다 뒈졌다. 검찰이라 하여 크게 다를 바 없다. 변호사 중에서도 전직 판사 혹은 검사들 중 상당수가 폐사했다.

하여 현재는 상당히 깨끗해진 상태이지만 언제 또 오염될지 아무도 모른다.

하여 특급 감시체제를 유지하고 있다.

언제든 부정부패, 뇌물, 담합, 축소, 은폐, 외압 등과 연루되면 곧바로 데스봇이나 변형 캔서봇이 투여된다.

그러면 죽는 순간까지 말로 형언할 수 없을 만큼 엄청난 고통을 겪게 된다. 당연히 약은 없다.

나쁜 짓을 했으면 그에 합당한 처벌을 받는 것이 당연하다. 그런데 감옥에 가둬놓고 국가 재정으로 입히고, 먹이고, 재우는 것은 심히 부당하다.

그러니 집에서 개고생하다 뒈지라는 뜻이다.

아무튼 한국은 판사가 입법부 위에 있는 국가이다.

이런 폐단은 사전에 예방하는 것이 최선의 방책이다. 하여 모든 판사를 A.I로 임명하겠다는 것이다.

르는 것이 아니라는 뜻이다.

이에 불만이면 그만두면 된다. 나가는 건 말리지 않지만 다시 돌아오는 건 거의 불가능하다.

영토방위를 위한 군대를 창설하기는 하지만 징병제가 아닌 모병제로 운영한다. 말은 이렇게 했지만 군인으로 채용되는 자는 그리 많지 않다.

완벽한 방어 시스템과 전투로봇들이 병사와 부사관, 장교들을 대체할 것이기 때문이다.

군인에겐 당연히 합당한 급여가 지불된다.

사고 없이 복무를 끝내고 전역한 자에겐 근속기간에 따라 각종 시험에 가산점 혜택을 준다. 일반 공무원에 비해 근무여건이 나빠서가 아니라 훈련이 힘들기 때문이다.

사법체계는 3심 제도를 운용한다.

1심과 2심 재판부는 전부 A.I 판사가 맡는다.

지극히 냉정하며, 논리적이고, 뇌물이나 외압 등으로부터 완전히 자유롭다. 요 대목에서 한국의 일반국민들이 잘 알지 못하는 역사적 사실을 예로 들었다.

1905년 11월 17일의 대한제국은 '을사늑약'을 체결했다.

조약(條約)이라 하지 않고 '늑약(勒約)'이라 하는 이유는 '강압에 의해 억지로 맺은 조약'이기 때문이다.

참고로, 조약은 국가 간의 권리와 의무를 합의에 따라 법적 구속을 받도록 규정하는 행위이다.

당연히 양쪽의 자유의사에 따른 행위여야 하는데 을사늑약은 그러지 못했던 것이다.

어쨌거나 을사늑약으로 인해 대한제국은 일본제국에게 외교권을 양도해야 했고, 통감부 설치를 용인해야 했다.

이로 인해 대한제국은 반식민지가 되었다.

참고로, 초대 통감으로 부임한 놈은 안중근 의사에 의해 폐사한 이토 히로부미이다.

아무튼 을사늑약 체결에 찬성하여 나라를 팔아먹었던 자들은 학부대신 이완용, 군부대신 이근택, 내부대신 이지용, 외부대신 박제순, 농상공부대신 권중현이다.

이들 매국노(賣國奴) 다섯을 우리는 을사오적(乙巳五賊)이라 부르고, 두고두고 욕을 하고 있다.

그런데 이들의 또 다른 공통점이 있는데 이를 아는 사람은 지극히 드물다.

그것은 '모두 판사 출신'이었다는 것이다.

대한민국에선 입법부에서 법을 바꾸려 해도 판사가 '위헌'이라고 판결하면 도로아미타불이 된다.

입법부에서 새로운 법안을 만들어도 갖은 핑계를 대어 이를 무산시킬 수 있는 것이 판사이다. 실제로 코에 걸면 코걸이, 귀에 걸면 귀걸이 같은 궤변으로 그렇게 한다.

예를 들어, 투기과열지구에 시세 10억 초과인 아파트는 대출을 금지하는 법안이 만들어졌다.

부동산 투기를 제어할 목적인 법안이다. 그런데 심히 부당하다는 요지로 헌법소원이 제기되었다.

이를 심사할 헌법재판소의 A와 B 등 4명의 재판관은 새 아파트를 구입하려던 차이다. 사기만 하면 시세가 왕창 올라서 막대한 시세차익을 거둘 수 있기 때문이다.

그러려면 은행에서 대출을 받아야 하는데 법안대로라면 돈이 부족하여 아파트를 구입할 수 없다.

헌법재판소에는 9인의 재판관 전원으로 구성되는 '전원재판부'와 3인으로 구성되는 '지정재판부'가 있다.

심판청구가 들어오면 1차로 지정재판부의 사전심사를 거친다. 이를 통과하면 전원배판부에서 관장한다.

만일 위헌 결정을 하게 되면 법안은 폐기된다. 그러려면 재판관 6인 이상의 찬성이 있어야 한다.

그런데 4명의 재판관이 아파트를 사서 차익을 얻으려는 욕심으로 이 법안을 기각시킬 수도 있다.

이때 판결문에 이런 구절을 넣을 수 있다.

대출규제는 국민의 재산권에 영향을 주는 정책이며, 법적 근거가 없어 기각한다.

누구의 재산권인지 지극히 모호하지만 어쩌겠는가! 재판관이 이렇게 판결하면 대출금지 법안은 폐기된다.

3권이 분립되어 있다고 하지만 사실상 판사가 입법부보다 우위에 있으며 입법행위를 방해할 수 있는 것이다.

이러면 3권 분립이란 건 허울 좋은 말뿐인 제도이다.

그래서 그랬는지 대한민국의 사법부에선 구린내가 심하게 났다. 물론 현재는 전혀 그러지 못한다.

수많은 전·현직 판사들이 고통에 겨운 비명을 내지르다 뒈 졌다. 검찰이라 하여 크게 다를 바 없다. 변호사 중에서도 전직 판사 혹은 검사들 중 상당수가 폐사했다.

하여 현재는 상당히 깨끗해진 상태이지만 언제 또 오염될지 아무도 모른다.

하여 특급 감시체제를 유지하고 있다.

언제든 부정부패, 뇌물, 담합, 축소, 은폐, 외압 등과 연루되면 곧바로 데스봇이나 변형 캔서봇이 투여된다.

그러면 죽는 순간까지 말로 형언할 수 없을 만큼 엄청난 고통을 겪게 된다. 당연히 약은 없다.

나쁜 짓을 했으면 그에 합당한 처벌을 받는 것이 당연하다. 그런데 감옥에 가둬놓고 국가 재정으로 입히고, 먹이고, 재우는 것은 심히 부당하다.

그러니 집에서 개고생하다 뒈지라는 뜻이다.

아무튼 한국은 판사가 입법부 위에 있는 국가이다.

이런 폐단은 사전에 예방하는 것이 최선의 방책이다. 하여 모든 판사를 A.I로 임명하겠다는 것이다.

검사들도 문제가 많았다.

그래서 법전을 뒤져 형량을 구형하는 구형권만 가지게 한다. A.I 판사는 이를 참고만 한다. 따라서 현재와 달리 검사는 권력이 거의 없다.

기소관은 기소 여부만 결정한다.

사건과 연루된 자들과는 통화는 물론이고 얼굴조차 마주치지 못한다. 뇌물과 외압으로부터 자유롭게 하기 위함이다.

경찰은 수사권만 가진다.

다만 모든 수사행위를 기록으로 남겨야 한다. 언제든 문제점이 발견되면 강력한 처벌을 받는다.

국왕 직속인 '공직자 범죄 수사처'에선 경찰과 검사 및 전체 공무원을 암행 감찰한다.

이들 중 일부는 휴머노이드이다. 자체 감찰이 비밀 임무이다. 부정행위가 적발된 공직자는 지위 고하를 막론하고 합당한 처벌을 받는다.

이후로 영원히 공직에 발을 들여놓을 수 없다.

중학교 졸업까지는 의무적으로 교육을 받아야 하는데 수업료 및 급식비 등은 본인 부담이다.

소득세, 증여세, 상속세, 주민세, 유류세, 교육세 등 어떠한 명목으로도 세금을 징수하지 않기 때문이다.

국가에 내는 것이 없으니 받을 혜택을 기대하면 안 된다.

다만 생각보다 수업료와 급식비는 적을 것이다. 반면 교육

수준과 음식의 질은 상상 이상일 것이다.
 고등학교 이상은 선택이다. 물론 많이 배운 사람이 더 좋은 환경의 직장에서 일을 하게 된다.
 공부는 하기 싫고, 마냥 놀고 싶으면 실컷 놀아라, 대신 평생토록 고생할 것을 각오하면 된다.

『전능의 팔찌』 2부 24권에 계속…